LORENA LENN

DRAGOSTE NEMĂRGINITĂ

STYLISHED
Timișoara, 2018

Descrierea CIP a Bibliotecii Naţionale a României
LENN, LORENA
    Dragoste nemărginită / Lorena Lenn. - Timişoara :
Stylished, 2018
    ISBN 978-606-94577-4-0

821.135.1

Editura STYLISHED
Timişoara, Judeţul Timiş
Calea Martirilor 1989, nr. 51/27
Tel.: (+40)727.07.49.48
www.stylishedbooks.ro

DRAGOSTE NEMĂRGINITĂ

*Pentru soțul meu, cel care îmi oferă o
dragoste nemărginită…*

Cu toată dragostea,

Lorena Lenn

Capitolul 1

Rose Smith stătea la masa din bucătărie, cu o ceaşcă de ceai în faţă, gândindu-se la viitorul ei incert, când mama ei, Allison, deschise uşa repede.

— Rose! Am o veste foarte bună pentru tine!

— Ia loc, mamă, şi dă-mi vestea, îi spuse Rose, după care sorbi din nou din ceaiul din plante aromat, preferatul ei.

— Fiind la magazin, am auzit că noul şerif, Nick Spencer, caută o bonă pentru micuţii lui, Lilyan şi Michael. Olivia mi-a spus asta. Mi-a mai spus şi să-ţi transmit salutări din partea lui Tony. Este o nouă şansă pentru tine, draga mea, rosti Allison, privind-o cu drag.

— Îţi mulţumesc, mamă, că mi-ai transmis mesajul Oliviei. Noul şerif? Nu-mi vine să cred că bătrânul Ralph a cedat postul altcuiva, zâmbi Rose cu subînţeles, privind cu atenţie în ochii căprui ai mamei sale. Am fost plecată o lună din Midland şi se întâmplă astfel de schimbări majore?

— Odată şi odată, trebuia să se întâmple şi asta, spuse Allison, râzând. Şeriful Spencer a venit la o săptămână după plecarea ta. Din câte am auzit, e foarte apreciat de comunitate, ca să nu mai pomenesc de farmecul pe care îl are asupra populaţiei de sex feminin.

— Farmec? întrebă Rose, ştiind că Allison are tendinţa de a exagera atunci când venea vorba despre descrierea oamenilor.

— Da, Rose, farmec. Nick Spencer e un bărbat frumos, cu doi copii frumoşi, dar cu o poveste tristă: e văduv. Soţia lui, Elaine, a murit în urmă cu doi ani de leucemie.

— Asta e, într-adevăr, trist, zise Rose, simţind o undă de compasiune.

— Aşa e, draga mea. Trecând la lucruri mai vesele, am aici adresa lui. Poţi să discuţi cu el despre slujbă, dacă vrei, spuse Allison în timp ce căuta o reţetă nouă de prăjitură pe internet.

— Aşa voi face, mamă. Mulţumesc mult, merg chiar acum să vorbesc cu el.

— Bine, succes.

— Mulţumesc!

Rose merse în camera ei să se schimbe. Îşi luă o rochie lungă, nişte sandale joase, comode, după care se privi în oglindă. Părul ei şaten se potrivea de minune cu rochia maronie, de toamnă, iar ochii căprui şi buzele frumos conturate de luciu îi puneau în evidenţă chipul drăgălaş. Numai tristeţea din priviri nu se lăsa ascunsă, însă Rose îşi zise că acesta nu e un detaliu pe care să-l remarce şi alte persoane. Inspiră adânc, îşi luă geanta şi plecă spre un nou început, o nouă șansă, o nouă încercare.

Allison punea deja prăjitura la cuptor când Rose ieși din casă. Era mândră de fiica ei care, la vârsta de douăzeci și patru de ani, devenise o femeie bună, frumoasă, inteligentă, pe care se putea baza. Ted, fiul Oliviei, era bărbatul perfect pentru Rose: blond, cu ochii verzi, pompier în Midland, apreciat de comunitate. Allison spera ca ei doi să formeze cât mai curând o familie, mai ales că abia aștepta să devină bunică.

Rose se urcă în mașină, mica ei albinuță, așa cum o numea, și plecă spre secția de poliție din Midland. În timp ce peisajul frumos i se derula în fața ochilor, își aminti de trecut.

După ce absolvise Facultatea de Medicină, Rose se angajase la cabinetul medical din Midland, însă, la numai o lună de la angajare, un incident neplăcut o obligase să-și dea demisia. În urma lui, Rose își luase o perioadă de vacanță și plecase la verișoara ei, Hailey, în Salt Lake City. Dar vacanța se terminase și era timpul ca ea să revină în Midland și să-și caute o slujbă, până când va putea să-și deschidă propriul ei cabinet medical, așa cum își dorea.

De mică vrusese să devină medic și muncise enorm pentru acest lucru. Nu putea decât să spere că, într-o zi, își va împlini visul.

Drumul până la secție nu dură mult, numai că, odată ajunsă acolo, Rose o găsi închisă. Luându-şi inima în dinţi, se întoarse la maşină şi merse acasă la noul şerif, Nick Spencer.

După câteva minute, Rose ajunse în faţa casei lui. Coborî din maşină şi rămase pe loc câteva clipe, impresionată. Casa era îngrijită şi elegantă, inspirând respect şi dragoste. Cutia poştală de la poartă avea iniţialele LNM, iar ea înţelese că reprezentau numele celor trei persoane care locuiau acolo.

Privind peste poartă, Rose zări curtea frumos aranjată, care avea şi un loc de joacă pentru copii, un fel de părculeţ cu leagăne, tobogan şi balansoar. Imaginea îi încălzi inima şi, după ce clipi de câteva ori, îşi făcu curaj şi sună la sonerie.

Când se deschise poarta, Rose făcu un pas înapoi: în faţa ei se afla un bărbat înalt, atrăgător, brunet, cu ochi căprui şi o privire care îi tăie răsuflarea.

— Bună ziua, domnişoară. Cu ce îţi pot fi de folos? i se adresă bărbatul, privind-o cu ochi pătrunzători.

— Bună ziua, domnule şerif. Mă numesc Rose Smith şi mă aflu aici pentru postul de bonă.

Încercă să fie cât mai stăpână pe sine. De obicei aşa era, dar nu avea de-a face în fiecare zi cu un şerif tânăr şi atrăgător. Îi plăceau bărbaţii în uniformă, iar cel din faţa ei părea desprins din fanteziile ei cu bărbaţi arătoşi.

— Aşa, deci. Intră, te rog, o invită el.

— Mulţumesc, îi răspunse Rose, intrând în curte şi aşezându-se pe un scaun, tot la îndemnul lui.

— Eu sunt Nick Spencer.

— Iar eu sunt Rose Smith, domnule Spencer.

Strângerea mâinii sale calde o făcu din nou să respire cu oarecare greutate. Conştientă de forţa lui, încercă să pară cât mai neutră, în ciuda bătăilor rapide ale inimii.

— Poţi să-mi spui Nick, îi spuse el, privind-o curios. De unde ai aflat că sunt în căutarea unei bone? Eu nu am spus nimănui, doar... cumnatei mele, Nicole.

— De la mama, puţin mai devreme. A auzit la magazin şi s-a gândit să-mi spună şi mie. Acesta e un oraş mic, iar informaţia circulă cu rapiditate, Nick. Rose simţi o emoţie stranie când îi rosti numele. Am fost şi la secţie, dar era închisă, aşa că mi-am zis să vin aici.

— Am venit de urgenţă acasă, dar se pare că micuţii mei mi-au făcut din nou o farsă. Totul e în regulă, nu s-a întâmplat nimic. Nu le place să fie singuri şi s-au gândit să mă cheme mai repede acasă, sub pretext că îi e rău fetiţei, îi explică Nick.

Rose îl asculta fascinată de modul în care vorbea despre copiii lui şi de căldura din vocea sa. Până şi privirea i se îmblânzea când le rostea numele.

— Fac des asta? îl întrebă, cu un surâs în colţul buzelor.

— Azi a fost prima dată. Cumnata mea, Nicole, n-a putut să aibă grijă de ei şi am fost nevoit să-i las singuri. Oricum, programul la secţie s-a încheiat, aşa că avem timp să vorbim liniştiţi.

Nick o studie din priviri, spunându-şi că o face cu scop obiectiv şi că latura lui bărbătească nu are nimic de-a face cu asta.

— Am aici diplomele mele, dacă vrei să le vezi, vorbi Rose, întinzându-i un dosar. Poţi să-mi pui întrebări, dacă actele nu te lămuresc, adăugă, conştientă de privirea lui, care devenise din nou pătrunzătoare.

— Poţi fi sigură că o voi face, îi zise el, zâmbindu-i, după care îşi concentră atenţia asupra dosarului.

Rose se uita la el şi aştepta, ştiind că depinde de un răspuns pozitiv din partea lui. Se simţea cuprinsă de o stare de nelinişte, dorindu-şi ca încercările ei de a-şi găsi o slujbă să ia sfârşit cât mai repede.

— Nu am referinţe de la locul de muncă anterior, preciză ea, sperând ca acest lucru să nu influenţeze decizia şerifului în mod negativ.

— Ceea ce mă interesează pe mine în mod special este ca persoana care va avea grijă de copiii mei să-i îndrăgească, nu să aibă referinţe, rosti Nick, intrigat de umbra care apăruse pe chipul ei frumos.

— Îmi plac copiii, Nick. Am lucrat ca voluntară la spitalul de copii de aici, din Midland, zise Rose, amintindu-şi cu drag de perioada aceea.

— Ce făceai acolo, cu ei?

— Le citeam poveşti, cântam, ne jucam, coloram – activităţi specifice copiilor.

Nick observă cum fata se înseninează când vorbeşte despre copii.

— Foarte frumos, zise el, privind-o cercetător. Aici scrie că ai studii medicale. Vrei să fii doctor?

— Da, sper ca într-o zi să-mi deschid propriul cabinet aici, în Midland.

— Îţi doresc mult succes, Rose, îi spuse Nick, oferindu-i un zâmbet fermecător.

— Mulţumesc. Ai mai avut vreo bonă până acum? îl întrebă ea curioasă, sperând să scape de starea de încordare pe care o simţea din cauza zâmbetului său larg.

— Da, câteva, atunci când Nicole nu putea să aibă grijă de copii. Doar că cei mici le puneau beţe în roate şi astfel îşi dădeau demisia repede. Sper să nu fie şi cazul tău, rosti Nick, închizând dosarul.

— Asta înseamnă că... spuse Rose, plină de speranţă.

— Eşti angajată, deocamdată. Depinde de

tine să le faci față micuților. Dacă te supără cu ceva, nu ezita să-mi spui. Tot ce vreau e să ai grijă de ei, spuse Nick pe un ton hotărât.

— Mulțumesc! Îți promit că voi avea mare grijă de ei.

Rose se ridică. Îi strânse mâna, simțindu-se din nou scăldată de un val de căldură copleșitoare.

— Atunci, nu-mi rămâne decât să-ți urez succes, zise Nick, mângâindu-i ușor degetele, dintr-un impuls pe care nu reuși să și-l stăpânească.

— Mulțumesc, Nick. Pot să-i cunosc pe micuți? îl întrebă ea, emoționată.

— Da. Copii, veniți aici, nu vă mai ascundeți, știu că sunteți acolo.

Un băiat și o fată foarte drăguți, care semănau bine cu tatăl lor, apărură imediat în fața lor

— Tati, e vina lui Michael, el mi-a zis să stăm ascunși acolo, spuse fetița, privind curioasă în jur, apoi în ochii tatălui ei, sperând să fie cât mai convingătoare.

— Mă întreb cum oare a reușit să te oblige, spuse Nick, zâmbind. Michael, ce-ai de spus despre asta? Am stabilit că nu-i frumos să trageți cu urechea la conversațiile adulților, adăugă Nick, încercând să pară serios.

— Eram doar curios să știu ce vrea această doamnă, răspunse Michael, privindu-l direct în ochi şi făcând pe rebelul.

— Această doamnă este Rose, noua voastră bonă. Mă aştept să vă comportaţi frumos cu ea, aţi înţeles?

— Da, tati, rostiră micuţii în cor, uitându-se unul la celălalt.

— Ea e Lilyan şi are şapte ani, iar el e Michael şi are zece ani, îi prezentă Nick pe copii.

— Mă bucur să vă cunosc, copii, şi sper să ne înţelegem bine, zise Rose, privindu-i cu drag.

— Şi eu mă bucur să te cunosc, spuse Lilyan făcând doi paşi spre Rose şi luând-o de mână, gest care o lăsă fără cuvinte pe aceasta.

— Ne-ai adus o bonă aşa de tânără? întrebă Michael, neîncrezător.

— Nu asta e important, Michael. Ce trebuie să-i spui lui Rose? îi aminti Nick pe un ton sever.

— Mă bucur să te cunosc, spuse Michael, dar numai fiindcă era tatăl său de faţă.

Îi aruncă lui Rose o privire rapidă, însă nu schiţă vreun gest, aşa cum făcuse sora lui.

— Putem merge la joacă? întrebă Lilyan, lăsând-o de mână pe Rose atunci când întâlni privirea dezaprobatoare a fratelui ei.

— Da, spuse Nick, luându-şi fiica în braţe.

Michael îi refuzase îmbrăţişarea, iar Nick îi ciufulise părul, după care îi lăsă la joacă.

— Îmi cer scuze pentru comportamentul fiului meu. Încă învăţ să mă descurc cu ei, de când... Se opri deodată, ca și cum ar fi spus prea multe.

— E în ordine, Nick. Ai niște copii minunați și îți mulțumesc încă o dată pentru șansa de a fi alături de ei, spuse Rose privindu-l cu drag, după care se uită la copiii care alergau fericiți în curte.

— Mulțumesc. Scuză-mă puțin, merg să mă schimb, sunt îmbrăcat așa de când am venit acasă. Revin imediat pentru a mai discuta niște amănunte.

— Bine, încuviință Rose, așezându-se din nou pe scaun.

Ridică ochii spre cer, apoi îi coborî spre copiii care se jucau cu câinele. Spera ca totul să fie bine și să se înțeleagă cu micuții.

Capitolul 2

După câteva minute, Nick reveni în curte cu două pahare de suc. Unul i-l oferi lui Rose.

— Mulțumesc, spuse ea și zâmbi, observând cât de bine arăta în altă ținută decât în uniformă. Nick purta un tricou gri și pantaloni scurți negri.

— Cu plăcere, Rose. Se așeză lângă ea. Sunt frumoși, nu-i așa? Nu spun asta doar fiindcă sunt copiii mei, ci pentru că pur și simplu sunt adorabili. Nu le-a fost deloc uşor de la moartea mamei lor, Elaine, însă am încercat să-i educ cât mai bine cu putinţă.

Rose sesiză umbra care trecu pe chipul frumos al lui Nick şi simţi o strângere de inimă.

— Îmi pare rău pentru Elaine. Oricum, ai făcut şi faci o treabă grozavă, iar ei chiar sunt minunaţi, rosti ea, încercând să mai reducă din tensiune.

— E-n regulă, Rose. Nu ne e uşor, dar trebuie să mergem înainte, îi replică el, privind-o misterios.

— Îmi pare rău că-ţi aduc aminte de asta, dar... ce s-a întâmplat cu Elaine?

— A avut leucemie. Boala s-a instalat dintr-o dată şi a doborât-o repede. N-a avut nicio şansă, deşi era tânără.

Nick întoarse capul. Rose remarcă crisparea de pe faţa lui şi renunţă să-l mai întrebe ceva despre Elaine.

— Trebuie să discutăm cum îţi vei petrece timpul cu Lilyan şi Michael, reveni Nick la subiect.

— Desigur, acceptă Rose, copleşită de aceeaşi stare pe care o avusese atunci când îi deschisese el poarta.

Trebuia să-şi controleze bătăile inimii, altfel avea să-i fie dificil să se afle în preajma lui. Însă era convinsă că orice femeie ar fi reacţionat la fel.

— Vei sta cu ei până vin eu acasă, adică opt ore, în general. Se mai întâmplă să întârzii şi atunci te rog să rămâi mai mult. De asemenea, în unele nopţi lipsesc de acasă, fiind la secţie. Şi atunci aş vrea să stai cu ei aici. Nu vreau să-i las singuri, sper să înţelegi, îi spuse el, analizându-i reacţiile.

— Înţeleg şi sunt de acord.

Rose încercă să-l privească într-un mod cât mai neutru, pentru ca el să nu-şi dea seama ce efect avea asupra ei.

— Acestea fiind zise, ne vedem mâine, când vei semna contractul.

Nick se ridică în picioare şi dădu din nou mâna cu ea.

— Voi fi aici mâine dimineaţă, confirmă Rose, tulburată de atingerea lui blândă şi puternică în acelaşi timp. Ne vedem mâine, copii, a fost o plăcere să vă cunosc.

Lilyan alergă la ea şi o îmbrăţişă, însă Michael se mulţumi să-i facă cu mâna de la distanţă. Nick vru să-i facă observaţie, dar Rose îl opri cu un surâs.

— E-n ordine, în timp, se va obişnui, nu-l forţa să se apropie de mine. Vreau ca acest lucru să se întâmple de la sine.

— Bine, cum spui tu, îi răspunse el întorcându-i zâmbetul, în timp ce o conducea spre ieşire.

— Ne vedem mâine.

— Pa, Rose, strigă Lilyan zâmbitoare, după care fugi din nou la joacă.

— Pa! La revedere, Nick. Să ai o zi frumoasă!

— Mulțumesc, și tu. Ne vedem mâine.

Rose îi mai aruncă o privire din mașină, după care plecă surâzătoare și așa rămase tot drumul până acasă. Spera din toată inima să se înțeleagă bine cu cei mici și să reușească să și-l apropie pe Michael.

Odată ajunsă acasă, îl hrăni pe Athos, frumosul câine labrador pe care îl avea de când era pui. Se jucă puțin cu el, știind că asta le făcea plăcere amândurora, apoi intră în casă.

— Mamă, am venit, anunță cu un glas vesel, privind fugar fotografia în care erau ea și părinții săi, făcută cu câțiva ani în urmă.

Un sentiment de tristețe o cuprinse imediat, aducându-și aminte de tatăl său, care murise atunci când ea avea optsprezece ani. Îl iubise enorm, numai că pierderea ființelor dragi făcea parte din viață și trebuia să se obișnuiască să trăiască fără el alături.

— Eram în cameră, făceam curățenie, zise Allison, apărând în bucătărie. Cum a fost, ce ți-a spus Nick? o întrebă curioasă, așezându-se pe scaun și pregătind câte o felie de prăjitură pentru amândouă.

— A fost bine, mâine merg să semnez contractul. Micuții sunt foarte drăguți.

Rose încercă să fie cât mai scurtă în informații, știind că Allison o studiază.

— Mă bucur pentru tine, draga mea. Ce poți să-mi spui despre Nick, cum e, cum s-a comportat?

— Mamă! Nick e un tată preocupat de educația și bunăstarea micuților săi și mi-a făcut o impresie bună.

— Eram sigură, dar întrebarea era cum ți s-a părut ca bărbat. L-am văzut de câteva ori prin oraș și pot să spun că am avut ce vedea.

— Doar ca să-ți răspund la întrebare, îți spun că e un bărbat frumos. Asta ai vrut să auzi? o întrebă Rose, încruntându-se ușor.

— Oarecum, îi răspunse Allison, bănuitoare. Luă o altă înghițitură din prăjitură și schimbă subiectul: te-au căutat Tony și Miriam. adăugă ea.

— Da? Și ce-au spus?

— Să-i cauți. Tony ți-a lăsat asta.

Allison îi arătă trandafirul de pe masă.

— Tony e un drăguț, un prieten atât de bun. Au dreptate, de când m-am întors, nu am reușit să mă întâlnesc cu ei. Îi voi suna cât de curând, spuse Rose, savurând prăjitura oferită de mama sa.

Mai târziu, Rose se afla în cafenea, alături de Miriam, prietena ei din copilărie și proprietara cafenelei.

— Mă bucur atât de mult că te revăd, îi spuse Miriam, îmbrățișând-o.

— Și eu mă bucur, Miriam, îi zise Rose, îmbrățișând-o la rândul ei. Îmi cer scuze, dar chiar nu am reușit să trec pe aici de când m-am întors acasă. Am avut multe de făcut. Printre altele, să-mi găsesc o nouă slujbă.

O senzație de rău o cuprinse pe Rose numai aducându-și aminte de locul de muncă anterior.

— Nu-i nimic, avem timp să recuperăm. Trebuie să fii pregătită pentru un nou început. Nu poți lăsa ca amintirea lui Edgar să te răscolească și acum. Cât mă bucur că e la închisoare, plătind pentru faptele lui!

Miriam o invită să ia loc la masă.

— Sunt de acord cu tine. Nu voi lăsa pe nimeni să stea în calea visului meu, cu atât mai puțin pe o canalie ca el, se încruntă Rose.

— Mă bucur, așa trebuie să gândești. Miriam își trecu o mână prin părul blond, lung până în talie. Ce vrei să bei, cafea sau cappuccino?

— Un cappuccino de ciocolată, mulțumesc. Îmi era dor de asta, să știi: să stăm împreună și să savurăm băutura asta gustoasă.

— Mă întorc imediat, spuse Miriam, privind-o cu coada ochilor ei albaștri, un albastru limpede asemenea cerului senin.

Rose se uită cu drag în jur. Îi fusese dor de locul acela, de Miriam, de oamenii la care ținea, dar şi de casă. Midland era locul în care se simţea acasă şi în siguranţă. Era conştientă că n-ar fi putut pleca de acolo pentru totdeauna, chiar dacă întâmplarea petrecută cu o lună în urmă o destabilizase din punct de vedere emoţional, făcând-o să ia în calcul şi ideea mutării în alt oraş.

Cafeneaua era micuţă, dar îmbietoare, datorită servirii, cărţilor care se găseau pe rafturi, dar şi pisicii negre cu numele Luna, vedeta localului, care îşi găsi repede locul în braţele lui Rose, aşa cum făcea şi cu alţi clienţi.

— Văd că şi-a făcut apariţia şi Luna, remarcă Miriam, aducând ceştile cu licoarea binefăcătoare.

— Da, şi e adorabilă de-a dreptul. Mi-a fost dor şi de tine, frumoasă mică.

Rose o mângâie pe Luna, care îi răspunse torcând liniştită în braţele ei.

— În ritmul ăsta, va adormi imediat.

— Ştie că o ador şi că poate dormi liniştită în poala mea.

— Spune-mi mai multe despre tine. Nu ţi-ai găsit vreun pretendent în Salt Lake City?

Rose deveni serioasă dintr-o dată.

— Nu, momentan nu mă gândesc la asta. Am treburi mai importante de rezolvat.

— Mai importante decât iubirea şi fericirea ta? o întrebă Miriam, privind-o dezaprobator.

— Da. În plus, e greu să găsesc un bărbat

bun, care să corespundă standardelor mele, şi nu mă refer la partea materială.

— Ştiu că eşti o romantică, nu degeaba suntem prietene de atâta timp.

Atenţia Lui Rose fusese distrată de uşa cafenelei, care se deschise.

— Ce fac cele mai frumoase fete din oraş?

— Tony!

Rose se ridică şi-l îmbrăţişă pe tânărul nou-venit, sărutându-l pe obraz.

— Bine ai revenit acasă! îi ură acesta. Midland-ul nu a fost la fel de când ai plecat.

Tony o ţinu îndelung la pieptul său, savurând felul în care trupul ei se lipea de al lui. Nu se îndura să se dezlipească de ea, aşa că îi puse o mână în jurul taliei.

— Luaţi loc, înainte să mă emoţionez la vederea acestei scene romantice, spuse Miriam, privindu-i cu drag, dar şi cu uşoară strângere de inimă. Când Tony o sărutase şi pe ea pe obraz, îi savurase pe deplin sărutul.

— Mă bucur că vă văd, fetelor. Cu Miriam am tot avut ocazia să mă întâlnesc, dar pe tine, Rose, parcă nu te-am mai văzut de ani întregi.

Tony se aşeză lângă Rose.

— Şi eu mă bucur să te văd, Tony. Mi-a fost dor de tine.

— Şi mie mi-a fost dor de tine, îi zise el, luând-o de mână şi arătându-şi gropiţele din obraji.

— Vrei să-ţi aduc o cafea, Tony? se oferi Miriam, înghiţind în sec.

Îl iubea în secret de mult timp, dar el fusese dintotdeauna absorbit de Rose, ceea ce nu era greu de înţeles, numai că ei nu-i venea uşor. Amândoi erau prietenii ei şi îi aprecia enorm, doar că pe el îl iubea, şi nu numai ca prietenă. Devenise conştientă de acest lucru încă de la şaisprezece ani şi de atunci trăia cu acest sentiment ascuns în ea, resemnându-se, de-a lungul anilor, cu ideea că el o iubea pe Rose.

Nici Rose nu ştia de sentimentele ei pentru Tony, iar povara acestui lucru o apăsa zilnic. Poate că aşa îi era sortit: să viseze la o iubire imposibilă, cel puţin până când apărea alt bărbat care să o facă să uite de blondul cu ochii verzi, aşezat acum la masă lângă Rose.

— Da, mulţumesc, Miriam, eşti o drăguţă, ca întotdeauna, îi zâmbi Tony inocent, neştiind ce sentimente îi trezeşte cu surâsul lui fermecător.

Miriam merse să-i aducă o cafea. Clipi des atunci când se întoarse cu spatele la ei, pentru a-şi ascunde lacrimile.

— N-am fost plecată decât o lună, Tony, nu exagera, vorbi Rose.

Îi zâmbi şi-l mângâie pe mână, privind în ochii lui frumoşi. În alte condiţii, ar fi putut să-i răspundă aşa cum şi-ar fi dorit el, însă pentru ea Tony nu era decât prietenul ei cel mai bun.

— Ţi-a spus Allison că eu şi Miriam te-am căutat azi? vru să afle Tony, alungându-şi o scamă imaginară de pe uniforma de pompier.

— Da. Mi-a arătat şi floarea, pentru care îţi mulţumesc, doar că... mă simt ciudat când faci astfel de gesturi, recunoscu Rose, căutând un mod cât mai delicat de a-i spune ceea ce avea de spus.

— Cu plăcere, dar nu trebuie să ţi se pară ciudat. A fost un gest prietenesc, iar noi suntem prieteni, nu s-a schimbat nimic între noi, nu-i aşa? o întrebă, mângâind-o şi privind-o cu drag.

— Bineînţeles că suntem prieteni. Am discutat despre asta mai demult şi tocmai de aceea îţi reamintesc că nu-ţi pot răspunde aşa cum îţi doreşti. Te ador, Tony, dar nu te pot iubi ca pe un bărbat, deşi eşti minunat şi multe femei te-ar vrea lângă ele. Rose oftă, atingându-i obrazul. Cu cât înţelegi mai repede asta, cu atât va fi mai bine pentru tine.

— Ştiu, dar vreau să mă laşi să mă bucur de tine atât cât îmi dai voie. Nu mă pot abţine, înţelegi? o întrebă el, luându-i mâna şi ducând-o la pieptul lui. Ştii că ai locul tău aici, loc pe care nu-l va putea lua nimeni, niciodată, şi vreau să nu eziţi să-mi ceri ajutorul ori de câte ori ai nevoie. Sunt aici pentru tine, să nu uiţi, adăugă Tony, după care îi sărută uşor mâna.

Rose ştia la ce face aluzie: la ceea ce se întâmplase acum o lună. El o salvase din mâinile lui Edgar, şeful ei de la cabinetul medical, iar ea îi era profund recunoscătoare. Gândurile îi fur întrerupte de un zgomot de sticlă spartă. Amândoi îşi îndreptară atenţia spre Miriam, care scăpase ceaşca de cafea pe jos.

— Miriam! Eşti bine? întrebară amândoi deodată, ridicându-se de la masă şi ajutând-o să strângă cioburile, în timp ce Luna îi supraveghea.

— Da, sunt bine. Îmi cer scuze, m-am împiedicat, spuse Miriam, nervoasă. Nu ştiu de ce a trebuit să mi se întâmple asta, n-am mai păţit de multă vreme aşa ceva. Bine că nu mai e nimeni aici, în afară de voi.

— E-n ordine, ştim, stai liniştită, i se putea întâmpla oricui, o calmă Rose, care plecă să arunce cioburile la gunoi.

— Eşti rănită, te-ai tăiat aici puţin, observă Tony, prinzând-o pe Miriam de încheietură.

— Sunt bine, doar... Nu mă atinge! izbucni Miriam.

Îşi smulse mâna dintr-a lui şi se întoarse cu spatele la el. Imaginea cu el şi Rose la masă, atât de apropiaţi, o răscolea mai mult decât credea.

— Îmi pare rău, n-am vrut să te supăr. Spun doar că ar fi bine să pui ceva acolo, să se vindece locul.

Tony era uimit de reacţia ei. Niciodată nu se

mai comportase atât de agresiv faţă de el şi nu ştia cu ce-i greşise.

Miriam se întoarse spre el, realizând ce făcuse.

— Voi fi bine. Îmi cer scuze, Tony, mi-am ieşit din fire şi nu meritai să strig la tine.

— Înţeleg, eşti doar agitată. Linişteşte-te, vei fi bine. Noi suntem aici ca să te ajutăm, îi spuse el, îmbrăţişând-o.

— Mulţumesc, Tony, nu ştiu ce m-aş face fără tine... fără voi, se corectă ea repede, lipindu-şi corpul de al lui şi savurând senzaţia.

Nu i-ar mai fi dat drumul din braţe niciodată, era sigură de asta, se gândi ea, în timp ce el o mângâia uşor pe spate, alinând-o.

— Şi noi gândim la fel, o asigură, simţind dorinţa de-a o proteja.

La fel ca Rose, Miriam era prietena lui din copilărie şi ţinea foarte mult la ea. Le apărase pe amândouă, în împrejurări diferite de-a lungul anilor. Legătura dintre ei fusese foarte strânsă, toţi trei se înţelegeau ca fraţii. Până într-o zi, când sentimentele lui pentru Rose căpătaseră altă nuanţă, devenind mai mult decât prieteneşti. Ştia că le va fi alături acestor două femei mereu, asumându-şi rolul de apărător, prieten şi confident al lor.

Rose reveni în cafenea. Surprinzându-i îmbrăţişaţi, zâmbi. Le-ar fi stat minunat împreună, îşi zise, privindu-i cu drag.

— Ţi-ai revenit, Miriam? întrebă zâmbitoare.

— Da, răspunse prietena ei, desprinzându-se cu greu din braţele lui Tony şi simţindu-se mult mai bine. El avea efectul acela asupra ei, de a o linişti atunci când îi era greu.

— Te voi pansa, iar tu nu vei mai fi încăpăţânată şi vei sta liniştită. Nu vreau decât să te ajut, bine? stărui Tony.

— Pot să mai spun ceva? spuse Miriam uitându-se la Rose, care o privea bănuitoare şi complice.

— Lasă-mă şi pe mine să mă uit, spuse prietena ei, apropiindu-se.

— Uită-te, însă, de pansat, o pansez eu. Eşti tu doctoriţă, dar atâta lucru şi eu ştiu să fac, hotărî Tony, după care îşi îndreptă din nou atenţia asupra femeii de lângă el.

— Să te faci bine, Miriam. Eu trebuie să plec, să mă odihnesc pentru ziua de mâine.

Rose îi dădu un pupic rapid pe obraz prietenei sale şi un altul lui Tony, după care îi lăsă singuri şi plecă zâmbitoare, bănuind nişte lucruri care o bucurau.

Odată ajunsă acasă, îşi făcu curăţenie în cameră. Pe urmă citi o carte care o ţinu trează până târziu în noapte.

Capitolul 3

— Mulţumesc Tony, îi spuse Miriam lui Tony, desprinzându-se din îmbrăţişarea lui.

— N-ai pentru ce, pentru asta sunt prietenii.

Tony puse trusa de prim ajutor la loc în dulăpior.

— E ora închiderii, mai doreşti ceva? îl întrebă Miriam, văzând că se întunecase.

— Nu, mulţumesc. Vrei să te conduc acasă? se oferi el, proptindu-se cu mâinile pe masa din faţa ei.

— Dacă nu ai alte planuri...

Miriam îi admiră muşchii frumos reliefaţi prin cămaşa cu mânecă scurtă a uniformei.

— Planurile mele o includeau pe Rose, dar se pare că nu pot ajunge la inima ei. Ce mă sfătuieşti? o întrebă, ajutând-o să încuie uşa cafenelei.

Miriam oftă şi strânse din pleoape.

— Eu... nu pot să ofer sfaturi. Nu-mi place.. Dar cred că nu poţi iubi pe cineva cu forţa. Te înţeleg perfect, şi eu am parte de o iubire neîmpărtăşită.

Mergea încet lângă el, ţinându-l de braţ. Tony se opri brusc, făcând-o şi pe ea să se oprească.

— Vorbeşti serios? N-am ştiut, nu mi-ai mai

spus niciodată. Cine poate fi atât de orb, încât să nu te observe? Adică... eşti o femeie grozavă, amuzantă, frumoasă şi inteligentă. Cine e ticălosul care te face să suferi? întrebă el, pe un ton foarte serios.

Miriam se pierdu în privirea lui verde ca smaraldul.

— Un prostuţ care nu-şi dă seama de ceea ce are în faţa lui... răspunse ea, cu un zâmbet trist în colţul buzelor.

Ar fi vrut atât de mult să-l sărute, să-l îmbrăţişeze, să răspundă acelei nevoi din adâncul fiinţei sale. Se mulţumi, pentru a infinita oară, să-l iubească numai din priviri şi să-şi asculte bătăile rapide ale inimii. De fiecare dată când Tony era în preajma ei se simţea astfel şi, chiar dacă pe la cafenea mai treceau bărbaţi interesanţi, nu răspundea avansurilor lor. Nu putea. Niciunul nu era Tony. Doar că nu putea să-i spună încă, deşi nu ştia cât va mai rezista să păstreze secretul. Simţea că o consumă, chiar dacă ştia că el ar fi respins-o cu siguranţă, iar atunci nu ar fi avut parte nici măcar de prietenia lui şi nu voia să rişte asta. Se consola cu îmbrăţişările fugare şi zâmbetele lui perfecte, cu ceea ce primea din partea lui.

— Îmi pare foarte rău, Miriam. Dacă pot să te ajut cu ceva, să-mi spui, ca întotdeauna. Ştii că poţi conta pe mine, nu-i aşa? o întrebă, mângâindu-i uşor mâna rănită.

— Ştiu şi apreciez gestul tău, îi spuse răspunse, simţind că o podidesc din nou lacrimile. Se pare că am ajuns acasă. Ai grijă de tine, Tony. Noapte bună!

— Şi tu să ai grijă de tine, Miriam. Noapte bună şi ţie! îi zise Tony, îmbrăţişând-o.

Miriam se lăsă din nou absorbită de braţele lui puternice şi-l sărută pe obraz, aproape de buze. Îl privi pierdută pentru câteva secunde, dar nu-şi apropie gura de a sa, ci doar îi mângâie obrazul.

— Îţi mulţumesc pentru tot ce ai făcut pentru mine azi, şi nu numai azi... rosti ea, cu jumătate de zâmbet.

— N-ai pentru ce, oricând. Noapte bună! îi zise el, după care plecă, puţin confuz.

I se păru că Miriam îl privise într-un fel anume şi nu ştia cum să o interpreteze.

În ziua următoare, Rose se afla acasă la Nick, pentru semnarea contractului.

— Bună, Nick! Salută ea, după ce închise poarta.

— Bună dimineaţa, Rose! Nick o invită să se aşeze. Frumoasă vreme în dimineaţa asta, nu-i aşa?

— Aşa e. Unde sunt Lilyan şi Michael?

— La cumnata mea, Nicole. Îi va aduce mai târziu acasă. Uneori mai merg şi pe-acolo. Ţin la ea, fiind mătuşa lor, iar ea, neavând copii şi nefiind căsătorită, îi îndrăgeşte foarte mult, spuse Nick, întinzându-i contractul.

— Am înţeles, zise Rose şi începu să-l citească.

După câteva minute de aşteptare în linişte, Nick o întrebă:

— E totul în ordine?

— Da, aşa se pare. Mulţumesc.

Rose semnă şi îi returnă documentul, moment în care mâinile lor se atinseră involuntar. Inima ei bătu mai puternic timp de câteva secunde.

— Cu plăcere. Eu îţi mulţumesc că îţi asumi misiunea asta deloc uşoară, îi zise Nick zâmbindu-i. O privea şi realiza cât de fragilă este, deşi se străduia să pară serioasă şi puternică. Vrei să-ţi aduc ceva de băut? Suc, cafea? o întrebă, observând cum îşi dă o şuviţă rebelă după ureche.

— Da, mulţumesc, acceptă Rose, vrând să mai rămână.

Îl privi admirativ în timp ce mergea în casă după sucuri. Fu luată prin surprindere atunci când el se întoarse brusc şi veni câţiva paşi înapoi spre ea.

— N-ai vrea să vezi casa? Ai avea parte de un tur liniştit, înainte de venirea celor mici.

— Desigur, de ce nu?

Îşi zise că Nick e poliţist şi poate avea încredere în el. De fapt, era genul de bărbat care inspira încredere încă de la prima vedere.

— Bine, să începem: aici e bucătăria.

O cuprinse cu brațul pe după talie, după care o lăsă pe ea să intre prima.

— Arată foarte bine, zise Rose, fermecată de bucătăria decorată în roșu, culoarea ei preferată. E spațioasă, iar asta e grozav, adăugă, ușurată că el își luase mâna de pe talia ei.

Atingerea, deși scurtă, fusese electrizantă, iar asta o deruta. Era conștientă de farmecul lui Nick, însă voia să-l ignore.

— Mă bucur că-ți place. Aici e camera celor mici.

Încăperea era destul de mare, împărțită în două. Fiecare jumătate era decorată în mod specific pentru fiecare dintre ei. Partea lui Lilyan era colorată în roz, a lui Michael, în albastru, iar piesele de mobilier și lenjeriile de pat aveau aceleași nuanțe.

— Și aici e foarte frumos, spuse Rose, destinzându-se treptat. Le-ai aranjat foarte frumos.

— A fost ideea lor, eu doar am aplicat-o, zise Nick surâzând și făcând-o și pe ea să zâmbească.

— Ai făcut o treabă grozavă, îl lăudă Rose, permițându-și să-l privească intens câteva secunde.

— N-am terminat, mai ai de văzut camera în care vei sta atunci când eu nu voi fi acasă, spuse

Nick, înaintând uşor pe hol. Sper să-ţi placă.

— E minunată, arată perfect.

Camera fusese decorată în nuanţe de mov, iar obiectele de mobilier erau aranjate cu gust.

— Ai o casă minunată, Nick.

— Mulţumesc, e drăguţ din partea ta că spui asta.

Cei doi ieşiră din cameră, după care Nick o conduse înainte, pe hol, până la ultima încăpere.

— Aici ce e? îl întrebă ea, curioasă.

— Camera mea, răspunse el scurt, după care deschise uşa, invitând-o să intre.

Rose avu o oarecare ezitare, rămânând în prag.

— Nu era nevoie să-mi arăţi camera ta. E în regulă, nu vreau să deranjez, spuse ea, simţindu-se de parcă i-ar fi invadat intimitatea.

— De ce nu? Dacă le-ai văzut pe celelalte, măcar să vezi toată casa, îi zise surprins, neştiind ce se ascunde în mintea ei. Asta e o situaţie nouă şi pentru mine, adăugă, trecându-şi mâna uşor prin păr.

— De ce? se miră Rose.

— Fiindcă nu am mai avut o bonă pentru copii atât de... tânără, îi răspunse el, întorcându-se spre ea.

— Şi e ceva rău în asta?

— Nu, sigur că nu... zise Nick, apropiindu-se uşor de ea. E doar... altfel decât până acum, adăugă el, încrucişându-şi braţele.

— Atunci, totul e în regulă.

Rose zâmbi, încercând să-şi ascundă jena.

— Ai dreptate, totul e în regulă, aprobă el, mergând spre hol. Ea îl urmă. Hai să bem sucul ăla, mi s-a făcut sete.

— Sunt de acord. Deşi e toamnă, încă e frumos afară.

Odată reveniţi pe terasă în curte, Rose se aşeză din nou pe fotoliu, iar Nick luă loc lângă ea, admirând frumuseţea colţului de natură care se înfăţişa în curte, dar şi pe femeia de lângă el.

— Spuneai zilele trecute că nu ai referinţe de la locul de muncă anterior. Ai lucrat în domeniul medical sau în altul?

— În domeniul medical... răspunse Rose, simţind un gust amar amintindu-şi perioada aceea.

— Şi ce te-a determinat să renunţi? Bănuiesc că-ţi plăcea ceea ce făceai.

Nick o îndemnă din priviri să i se destăinuie.

— Aşa cum am spus şi cu altă ocazie, oraşul ăsta e mic, iar veştile circulă repede. Cred că ştii deja răspunsul la întrebare, nu?

Rose se încruntă uşor.

— Să spunem că vreau să aflu varianta ta, zise Nick, privind-o cu blândeţe.

— Nu vreau să vorbesc despre asta. Nu e un subiect plăcut pentru mine, sper să înţelegi.

Pentru câteva secunde, ea întoarse capul. După aceea, îşi îndreptă din nou atenţia asupra lui. Deşi Nick avea puterea de-a o face să vorbească, nu putea să discute cu el despre subiectul acela. Nu-i făcea bine.

— Înţeleg, zise el, surâzând uşor. Dacă te pot ajuta în privinţa asta sau în oricare alta, nu ezita să-mi spui, bine?

— Am înţeles, dar nu e nevoie, zise Rose, încercând să-l convingă de asta şi pe el, şi pe ea însăşi.

— Ai copii? vru să ştie Nick, ducând la gură paharul cu suc.

— Nu... răspunse Rose, aşteptându-se la o avalanşă de întrebări din partea lui.

— Poţi să fii aici mâine dimineaţă?

— Da, promise ea şi se ridică din fotoliu, gândindu-se că venise vremea să plece.

— Nu te-am întrebat asta ca să pleci, Rose. Dacă nu cumva te grăbeşti, zise Nick, privind-o enigmatic.

— De fapt, mă grăbesc, minţi ea, simţind nevoia să se îndepărteze de el.

De fiecare dată când îl vedea, era tot mai nesigură şi mai agitată, deşi Nick nu-i dăduse motive pentru asta. Atracţia pe care o emana era periculoasă, iar ea voia să se menţină cât mai neutră faţă de el.

— Cum doreşti, sper că nu te-am reţinut.

Nick se ridică, la rândul lui. În clipa aceea, poarta se deschise, iar Lilyan şi Michael alergară spre tatăl lor, care îi îmbrăţişă. În urma lor intră o femeie blondă, frumoasă, având un aer de superioritate.

— Bună, cumnăţelule! Ce mai faci?

Femeia veni şi-l sărutând pe obraz, zâmbindu-i seducător, ca şi cum ar fi fost doar ei doi de faţă.

— Bună, Nicole, sunt bine, spuse Nick, luând-o pe Lilyan în braţe. Rose, ea este cumnata mea, Nicole Austin. Nicole, Rose este noua bonă a celor mici.

— Îmi pare bine, zise Rose, întinzându-i mâna.

— Şi mie, spuse Nicole.

Femeia îi strânse mâna, dar o privi tăios, lucru care nu-i scăpă lui Rose. Fata observă şi că Nicole se uită la Nick ca o tigroaică la pui, iar asta o făcu să-şi pună întrebări.

— Sper ca Rose să aibă mai mult succes decât celelalte bone, vorbi Nick, în timp ce se juca cu părul fetiţei sale.

— Şi eu... Din păcate, celelalte n-au fost prea bine primite de către nepoţii mei.

Nicole îi arunca lui Rose priviri intimidante.

— Şi eu îmi doresc ca eu şi micuţii să colaborăm foarte bine, spuse Rose.

Michael şi Lilyan ascultau cu atenţie conversaţia celor mari şi schimbau priviri, siguri că vor vorbi mai târziu despre asta între ei.

— Când ai angajat-o? întrebă Nicole curioasă, în timp ce-şi dădea sacoul jos, lăsând la iveală rochia strâmtă pe care o purta.

— Ieri, spuse Nick, obişnuit cu numeroasele întrebări ale cumnatei sale.

— Ei bine, e timpul să plec, se scuză Rose, convinsă că ar fi trebuit să plece înainte să apară Nicole.

— Te conduc, se oferi Nick, lăsând-o din braţe pe Lilyan.

O urmă pe Rose până la ieşire.

— Mulţumesc pentru şansă, îi zâmbi Rose, recunoscătoare.

— N-ai pentru ce. Dacă ai nevoie de ceva, să-mi spui.

Nick îi întoarse zâmbetul.

— Aşa voi face. O seară frumoasă, Nick.

— O seară frumoasă şi ţie, Rose.

Când urcă în maşină, Rose văzu că el rămase în faţa porţii, salutând-o. Mai târziu, acasă, mâncă, făcu un duş relaxant, apoi citi o carte până când simţi că somnul o cucereşte încet, încet.

Capitolul 4

În ziua următoare, în timp ce Rose se afla în locuinţa lui Nick, mâncând împreună cu Lilyan şi Michael, fetiţa vorbi cu un glas serios:

— Ştii, Rose... uneori mi-e dor de mama... Tati spune că semăn cu ea. Am părul blond, ca ea. Tati a suferit foarte mult când mami s-a dus în cer, dar noi încercăm să-l facem fericit.

— Lilyan... eşti foarte matură pentru vârsta ta.

Înduioşată de vorbele fetiţei, o luă de mână. Lilyan o privi cu uimire, lăsându-se mângâiată, dar, când Michael se uită în direcţia ei încruntat, îşi retrase mâna.

— Lilly, e timpul să mergem la şcoală, spuse Michael cu hotărâre în voce, ridicându-se de la masă.

— Aşa e, hai să plecăm, aprobă fetiţa, ridicându-se, la rândul ei.

Vru să ia farfuria şi să o ducă la chiuvetă, însă Rose o opri.

— Mă ocup eu de asta, Lilly. Hai să plecăm acum.

Rose îşi luă geanta şi îi urmă pe copii afară. Încuie uşa, îi ajută să urce în maşina ei, apoi plecară spre şcoală. Rose porni radioul pentru a mai detensiona puţin atmosfera. Dacă fetiţa începu să cânte veselă, Michael, încruntat, se prefăcu foarte interesat de peisajul de afară.

Odată ajunşi în faţa şcolii, fata o pupă pe obraz pe Rose. Băiatul, în schimb, îşi luă rămas-bun cu o politeţe rece, după care intră în curtea şcolii, urmat de sora lui. Rose se uită cu drag în urma lor, apoi se întoarse acasă la Nick. Începu să facă ordine în bucătărie când îi sună telefonul.

— Da?

— Rose, sunt eu, Nick. Te-am sunat să te anunţ că nu pot veni în noaptea asta acasă. E în regulă să stai peste noapte cu micuţii? Mâine dimineaţă la ora 08:00 voi fi acasă.

— Desigur, Nick, nu mă deranjează, doar m-ai avertizat de la început că se vor ivi şi astfel de situaţii, spuse Rose, cu o voce puţin ciudată.

— Eşti sigură? Nu vreau să-ţi stric planurile, poate aveai altceva de făcut....

— Sunt sigură, e în regulă, stai liniştit. Voi rămâne aici peste noapte.

— Cum s-au purtat cei mici? Sper că nu te-au supărat.

— Nu, sunt cuminţi, îl linişti Rose.

— Bine, atunci, ne mai auzim. Dacă e vreo problemă, nu ezita să mă suni.

— Aşa voi face, mulţumesc. La revedere!

— Pa.

Rose ieşi din casă. Voia să meargă la Miriam. Nu o mai văzuse de câteva zile şi îi era dor de ea. În drum spre cafenea, se gândi la discuţia avută cu Nick la telefon. Îi admira dragostea pentru copiii şi i se părea un tată ideal. Ar fi vrut să ignore nodul din gât pe care îl simţea de fiecare dată când îl vedea sau vorbea cu el, însă era un lucru de care nu putea să scape.

Miriam tocmai servea pe cineva când ajunse Rose la cafenea.

— Miriam! Ce mai faci? Mă bucur că te văd!

— Rose! Miriam se arătă încântată de vizita ei, zâmbind pentru prima oară cu adevărat după mai multe zile. Sunt bine, chiar mă gândeam să te sun. Ia loc şi spune-mi ce-ai mai făcut.

Rose îşi îmbrăţişă prietena şi se aşeză pe un scaun, nelăsându-se păcălită de zâmbetul ei fugar. Ochii săi trişti îi dădeau de înţeles că ceva nu e în ordine.

— Îţi aduc ceva? o întrebă Miriam, privind-o cu drag.

— Nu, mulţumesc. Ia loc aici şi spune-mi ce e cu tine.

— Ce e cu mine? repetă Miriam, cu un glas inocent.

— Miriam! Nu mă face să te mai întreb o dată. Hai, spune-mi, ce-i cu privirea asta pierdută? De obicei, eşti aşa numai în preajma lui Tony...

Rose observă schimbarea din privirea prietenei sale.

— Nici să nu-i pronunți numele. E un ticălos și un afemeiat, spuse Miriam, simțind că va exploda dacă nu i se destăinuie.

— Așa, deci? Și de când e asta o surpriză pentru tine? Doar un bărbat atât de frumos ca el nu poate fi singur, nu? În plus, e prietenul nostru, nu altceva, n-am dreptate?

— Mai nou, e cu Becky, una dintre cele mai nepotrivite femei pentru el...

Miriam se așeză la masă. Între timp, în cafenea rămăseseră doar ele două, astfel că puteau vorbi liniștite.

— Becky... acea Becky? întrebă Rose amuzată, dar și surprinsă.

— Da, acea Becky: femeia fatală, care poate cuceri orice bărbat. Iată că a venit și rândul lui Tony să cadă pradă farmecului ei. Aseară au venit aici împreună și s-au sărutat... în fața mea!

— Dar ce anume te deranjează? Și nu mă minți, spunându-mi că nu e potrivită pentru el. Altceva e la mijloc, spuse Rose, convinsă că are dreptate.

— Rose, eu... ah, mai bine tăceam... doar că pur și simplu nu mai pot să ascund toate astea.

— Draga mea, ce se întâmplă? Rose se amărî văzând cât de afectată era prietena ei. Nu trebuie să ții totul în tine, de asta suntem prietene.

Haide, spune-mi care-i necazul, o încurajă ea.

— Tony... spuse Miriam, oftând şi lăsându-se de spătarul scaunului. Închise ochii.

— Tony? Ce se întâmplă cu el, a păţit ceva?

— Nu, n-a păţit nimic... doar eu am păţit...

— Nu înţeleg nimic, explică-mi, te rog...

— Nu mi-e uşor să-ţi spun, dar nu mai pot să suport acest lucru singură: sunt îndrăgostită nebuneşte de el încă de când eram colegi de şcoală. Sunt ca o adolescentă pierdută atunci când îmi zâmbeşte sau se uită frumos la mine. Ţin sentimentele astea în mine de atâta timp, încât aproape că m-am resemnat că nu va niciodată al meu, deşi mă doare gândul ăsta...

— Oh, Miriam, draga mea... n-am ştiut, deşi ar fi trebuit să-mi dau seama. Cât de greu trebuie să-ţi fie... mai ales că în ultima perioadă el ar fi vrut să fiu iubita lui. Îmi pare rău că suferi aşa... nici nu ştiu cum să te ajut...

— E-n ordine, nu trebuie să te simţi vinovată. Eu doar... simt că mă sting de fiecare dată când îl văd cu alta. Dar până aseară nu l-am văzut sărutând vreo femeie în faţa mea, spuse Miriam, uşurată că îi mărturisise adevărul prietenei sale.

Rose o luă în braţe.

— Draga mea, totul se va rezolva cumva, vei vedea. În cele din urmă, cel ce ne e destinat va apărea în vieţile noastre şi totul va fi bine. Acum trebuie să plec, să iau copiii de la şcoală, dar când voi putea, voi veni să te văd.

— Mulţumesc, îmi face bine să vorbesc cu tine, îi zise Miriam, recunoscătoare.

— Şi mie la fel.

În drum spre casă, Rose îi urmări pe cei doi copii cum se joacă pe bancheta din spate, zâmbind în sinea ei. Ar fi vrut să-i întrebe lucruri legate de şcoală, dar ştia că Michael n-ar fi comunicat cu ea, aşa că se mulţumi să-i observe bucurându-se de vârsta aceea minunată şi unică a copilăriei.

Ajungând pe o stradă centrală, Rose văzu un afiş care anunţa că se caută un suspect urmărit pentru jaf. Era obişnuită cu asemenea lucruri, fiindcă asemenea afişe apăreau cu regularitate în centrul oraşului, dar mai rar conţineau genul acela de mesaje. Ignoră anunţul şi se concentră pe condus. Abia aştepta să ajungă cu cei mici acasă şi să-i ajute la teme, dar şi să se joace cu ei. Îi îndrăgea tot mai mult, chiar dacă Michael avea o atitudine distantă faţă de ea. Spera doar să reuşească în cel mai scurt timp să ajungă la inima lui, pentru a se înţelege cât mai bine şi cu el.

Odată ajunşi acasă, Rose mâncă împreună cu cei mici, după care o ajută pe Lilly la teme, fiindcă Michael o refuzase categoric, spunându-i că se descurcă singur.

În timp ce Rose îi explica nişte lucruri fetiţei, aruncă ochii pe fereastră şi-l văzu pe Michael jucându-se cu mingea. Își putea da seama că băiatul era frământat de ceva, însă nu știa de ce simte aversiunea aceea față de ea. Oftă, după care continuă s-o ajute pe Lilly la teme. La sfârșit, îi împleti fetei părul și pregăti o budincă. O turnă în boluri, având grijă să păstreze unul și pentru Nick.

Michael refuză desertul. Rose își savură porția în curte, pe leagăn, alături de Lilly care, după ce mâncă, fugi să se joace cu fratele ei.

Rose îi privea cu drag pe cei doi copii, gândindu-se că ea nu fusese atât de norocoasă, încât să aibă un frate sau o soră. Dar Miriam îi era ca o soră și asta o mai consola. Și-l închipui pe Nick jucându-se cu copiii și se trezi că zâmbește. În mod sigur, Nick nu putea fi decât tandru și iubitor cu cei mici, iar asta o înduioșa. Spera ca el să fie bine și să nu i se întâmple nimic atunci când era în misiune.

La lăsarea întunericului, îi duse pe copii la culcare. O ajută pe Lilly să urce în pat, după care îi citi o poveste.

— Rose?

— Da, scumpo?

— Când vine tati acasă?

— Mâine dimineață. Micuța își aranja părul cu degetele. Ar trebui să dormi acum. Noapte bună.

— Rose... Te rog, sună-l pe tati. Vreau să-i spun noapte bună, zise fetița cu un glas rugător, căruia Rose era sigură că nici chiar Nick nu i-ar putea rezista.

— Bine, scumpo, îl sunăm repede şi apoi te culci. Trebuie să te odihneşti, spuse Rose, încercând să fie puţin mai categorică, deşi se topea de dragul ei.

— Da, da, îl sunăm pe tati! se bucură fetiţa, în timp ce Rose forma numărul lui Nick.

— Alo? Nick?

— Da, Rose, s-a întâmplat ceva?

— Stai liniştit, nu s-a întâmplat nimic. E cineva aici cu mine care vrea să te salute.

Puse telefonul la urechea fetiţei.

— Tati, tati! Noapte bună! Vreau să vii repede acasă! Te pup! exclamă Lilly, entuziasmată.

— Bine, draga mea. Imediat se va face dimineaţă şi voi veni să te văd, zise Nick. Era uimitor cum un pui de om putea să-l facă atât de vulnerabil. Când venea vorba de copiii săi, devenea pe cât de luptător, pe atât de sensibil. Ce face Michael, s-a culcat?

— Da, e în camera lui. Te iubesc, tati, şi abia aştept să te văd. Noapte bună!

— Noapte bună, scumpo. Ne vedem mâine, spuse Nick, nerăbdător. Mi-o mai dai pe Rose la telefon?

— Da. Pa, tati!

Rose luă telefonul cu o mână uşor tremurândă.

— Da, Nick? Ai vrut să îmi spui ceva?

— Doar să... aveți grijă de voi. Noapte bună, Rose.

— Totul va fi bine. Noapte bună, Nick! Să ai și tu grijă de tine, îi spuse ea, mustrându-se în gând pentru pornirile ei.

— Așa cum ai spus și tu, totul va fi bine. Pa, Rose!

— Pa, Nick!

Vocea lui avea un efect atât de liniștitor asupra ei...

— Noapte bună, Rose, spuse Lilly, privind-o cu ochi mari, inocenți.

— Noapte bună, scumpo.

Rose merse în sufragerie, pregătindu-și o pătură. Deși avea camera ei, preferă să doarmă pe canapea în noaptea aceea. Avea un sentiment de neliniște, mai ales că-și aduse aminte de afișul pe care îl văzuse mai devreme. Își dorea ca hoțul respectiv să fie prins cât mai repede, iar Nick să readucă liniștea în oraș.

După ce verifică din nou toate încuietorile casei, făcu un duș, apoi se întinse pe canapea, sperând ca somnul s-o cuprindă cât mai repede. Era pentru prima dată când dormea la Nick acasă, iar faptul că petrecea noaptea într-o casă străină o tulbura. Aproape că ar fi vrut ca el să fie acasă... doar pentru protecția celor mici. În cele din urmă, adormi.

Mult după miezul nopții, se trezi tresărind. Deschise ochii speriată și prinse mai bine în mână bâta de baseball pe care o ascunsese sub pătură.

— Pleacă sau chem poliția! reuși să spună, înainte ca semiobscuritatea să-i dezvăluie un Nick amuzat, care înainta spre ea.

— Rose, e-n regulă, sunt eu, sunt doar eu, Nick, spuse el, venind lângă ea și îmbrățișând-o.

— Nick! Am crezut... Ce bine că ești aici... Chiar m-am speriat, spuse ea, dezlipindu-se de el. Dar de ce nu m-ai trezit altfel? De ce nu mi-ai rostit numele?

— Îmi pare rău. N-am vrut să te trezesc, eu doar... am intrat în casă, iar tu erai aici pe canapea... Am vrut să mă asigur că ești bine... îi spuse el, omițând partea în care aproape că-i mângâiase obrazul dintr-un impuls neobișnuit.

— Bine, poți să-mi dai drumul acum... spuse ea, simțind că tremură în brațele lui.

— Doar dacă te liniștești. Îmi cer scuze din nou, chiar n-am vrut să te sperii. N-aș face asta intenționat, știi, nu-i așa? o întrebă el, mângâind-o ușor pe spate înainte să se dezlipească de ea.

Aproape că simțea o urmă de regret. O parte din el ar fi prelungit îmbrățișarea, dar nu putea să-și explice de ce. Rose se ridică în capul oaselor.

— Mi-am revenit... Ar trebui să merg în camera mea, zise, simțind o căldură ciudată din cauza felului în care Nick o ținuse în brațe.

— Dar nu vrei să bei un ceai înainte? Te va ajuta să dormi mai bine, îi spuse el în timp ce aprinse lumina, după care se așeză lângă ea.

— Nu, mulțumesc. Știi, toată ziua m-am gândit la anunțul din centrul orașului și o clipă mi-a fost teamă să nu fii tu atacatorul.

Evita să-l privească. Apropierea lui îi sporea încordarea.

— Și voiai să te aperi cu asta? zise Nick, luând bâta de baseball în mână.

Numai gândul că ea și copiii ar fi fost în pericol făcea să-i curgă mai repede sângele prin vene.

— Am făcut ceea ce am crezut de cuviință, spuse Rose, privindu-l cu hotărâre.

— Bine, haide, du-te la culcare, trebuie să te odihnești, îi spuse el, luând-o ușor de braț și zâmbindu-i.

— Nu vrei să plec acasă, acum, că te-ai întors?

În ciuda oboselii, zâmbetul lui îi pătrunse în suflet.

— Rose... cum poți să spui așa ceva? Cum adică să-ți cer să pleci la trei dimineața? se amuză el, luându-și mâna de pe brațul fetei.

Nu era o idee prea bună să o atingă prea des.

— Atât e ceasul? Şi cum de-ai ajuns mai devreme? Nu trebuia să vii la opt?

— Am terminat mai repede ce aveam de făcut şi am venit acasă. Te deranjează? o tachină el.

— Nu, sigur că nu. E casa ta, spuneam doar... Merg la culcare. Noapte bună, atât cât a mai rămas din ea.

— Noapte bună.

Nick îi zâmbi în stilul lui fermecător. Când se ridică, uniforma se mulă şi mai bine pe el.

Rose plecă în camera ei, sperând să adoarmă la fel de repede ca mai devreme în noaptea aceea.

Capitolul 5

Dis-de-dimineaţă, Rose merse în bucătărie să-şi prepare un ceai de fructe de pădure. Tocmai se pregătea să-l bea, când în cadrul uşii apăru Nick, îmbrăcat în pantaloni scurţi şi maiou. Avea părul puţin ciufulit. iar imaginea aceea o făcu să zâmbească.

— Rose, cum de eşti încă aici? E weekend, se miră Nick.

Bărbatul îşi căută de lucru la aragaz, pregătind micul dejun pentru cei mici, dar şi pentru el.

— N-am ştiut dacă eşti liber azi şi de asta am aşteptat. Sper că nu te deranjează.

— Nu, e-n regulă. Ai dreptate, am uitat să-ţi spun că sunt liber azi şi mâine, aşa că cei mici au cu cine să stea, o asigură el, proptindu-se de blatul mobilei de bucătărie.

Voia să-şi înfrâneze impulsul ciudat de a merge lângă ea.

— Cum te simţi, ai dormit bine? o întrebă, amintindu-şi de ceea ce se întâmplase cu doar câteva ore în urmă.

— Da, mulţumesc. Ei, bine, se pare că nu ai nevoie de mine, aşa că plec. Ne vedem luni, Nick. Weekend plăcut ţie şi celor mici. Să-i saluţi te rog din partea mea, nu vreau să-i trezesc.

Fata îşi luă geanta şi vru să plece.

— Rose, stai!

Nick fugi după ea şi o prinse uşor de braţ, însă i-l eliberă când îi văzu privirea uimită.

— Nu e nevoie să pleci, cel puţin nu în clipa asta. Uite... mă gândeam că poate ai vreau să vii cu noi în parc după ce mâncăm, ce spui?

— Eşti sigur? îl întrebă ea uimită, făcând un pas înapoi, deşi ar fi preferat să facă unul înainte.

— Uşa... puteai să te loveşti la uşă, de asta te-am prins aşa... o lămuri Nick.

Ţinând-o lipită de el, i se treziră anumite simţuri, iar asta era prea periculos, mult prea periculos. Rose îi simţi abdomenul puternic. Braţele lui se odihneau pe talia ei. Timp de câteva secunde, niciunul nu fu capabil să vorbească. Pur şi simplu se pierdură unul în ochii celuilalt.

— Bine, am înţeles... poţi să-mi dai drumul acum.

Rose întoarse capul şi văzu că, într-adevăr, s-ar fi lovit de uşa întredeschisă dacă el n-ar prins-o la timp. Bătăile inimii i se accelerau în timp ce el o mângâia delicat pe braţe. Nu avu curajul să-l privească în ochi, fixându-şi privirea puţin mai jos, pe pieptul său. Oftă. Picioarele nu o mai ascultau. I se păru o eternitate până când Nick o eliberă din braţele lui.

— Deci, ce spui, vii cu noi în parc sau ai alte planuri? o întrebă, rezemându-se de perete cu braţele încrucişate.

— Bine, vin, dar după aceea trebuie să merg acasă.

Nu credea că i-ar fi putut refuza ceva, mai ales când o privea în felul acela ameţitor, inocent şi sexy în acelaşi timp.

— Foarte bine, atunci, am înţeles. Merg să-i trezesc pe copii, mâncăm şi plecăm.

Nick ieşi grăbit din bucătărie, simţind brusc nevoia de aer. Rose nu se putu abţine să-l urmărească din priviri. Începu să pregătească masa pentru toţi patru. Ştia că ar face la fel şi pentru familia ei, dar nu era cazul să se gândească prea mult la lucrurile acelea chiar atunci.

Când îi văzu pe Nick şi pe copii venind în bucătărie, inima i se strânse şi trebui să facă un efort pentru a nu zâmbi din toată inima, aşa cum îi venea să o facă. Îi plăcea ceea ce vedea: Nick o ţinea în braţe pe Lilly, care îl acoperea cu să-rutări pe obraji, iar Michael se aşezase serios la masă.

— E încă aici? întrebă micuţul, referindu-se la Rose.

— Nu aşa se vorbeşte, tinere! îi atrase Nick atenţia, privindu-l cu severitate. Eu i-am spus să ne însoţească la plimbare în parc. Cere-ţi scuze imediat!

— Nu, Nick, e-n regulă. De fapt, eu ar trebui să plec, nu vreau să deranjez, spuse Rose, cu inima frântă.

— Nu pleci niciunde, Rose. Lucrurile se vor face aşa cum spun eu.

— Îmi pare rău, spuse Michael, cu ochii în farfurie.

Îşi ceruse iertare numai fiindcă aşa îi spuse-se tatăl său, dar nu era sincer.

— E-n ordine, Michael, scuzele îţi sunt ac-ceptate, spuse Rose, care ghici că băiatul nu e sincer, însă nu voia să creeze probleme între tată şi fiu.

— Nu pot să cred așa ceva! Ce atitudine e asta? Așa se poartă de obicei cu tine, Rose? întrebă Nick, uimit de comportamentul fiului său.

— Nu... Haideți să mâncăm acum. Poftă bună! zise Rose, privindu-i cu drag pe toți, fiindcă nu avea de gând să renunțe atât de ușor. Voia să câștige afecțiunea lui Michael, mai ales că nu știa să-i fi greșit cu ceva.

— Poftă bună! spuse Nick, după care începu să mănânce în liniște, analizând comportamentul micuților săi.

— Poftă bună! zise și Lilly. Tati, ai făcut din nou ceva foarte bun, adăugă fetița, cu un zâmbet de încântare.

— Mulțumesc, scumpo. Mă bucur că-ți place, zise Nick zâmbind din toată inima și mângâind obrajii fiicei sale.

Reacția lui făcu ca inima lui Rose să bată din nou puțin mai repede decât ar fi trebuit. Felul în care se purta cu micuții săi o înduioșa.

— Așa-mi spune și Rose, zise Lilly zâmbitoare.

— Cum? întrebă Nick, cucerit de gropițele ei adorabile.

-„Scumpo", spuse Lilly imitând-o pe Rose. Așa i-ai zis tu să-mi spună?

— Nu, zise Nick, plăcut surprins, privind-o cu coada ochiului pe Rose, care se înroși ușor. Michael, tu nu ai nimic de spus? întrebă Nick, observând tăcerea fiului său.

— Nu. Am terminat de mâncat. Mergem în parc? întrebă copilul cu un aer plictisit, când de fapt de-abia aştepta să ajungă acolo ca să se joace.

— Da, mergem, dar după ce strângem masa, preciză Nick cu aşa-zisă severitate, deşi ochii îi zâmbeau, iar Rose observă lucrul ăsta.

Era atât de plăcut să stea cu toţii la masă, să vorbească vrute şi nevrute, să glumească. Îi amintea de copilăria ei fericită, alături de părinţii ei. Totul fusese minunat până când viaţa îi oferise o lecţie dură prin moartea tatălui său. Vocea caldă a lui Nick îi întrerupse şirul gândurilor.

— Rose...

— Poftim? Scuză-mă, căzusem pe gânduri.

— Am observat.... Te întrebam dacă mai mănânci.

— A, nu... mulţumesc. Dă-mi voie să te ajut să strângi.

— Noi mergem să ne îmbrăcăm, zise Michael, luându-şi sora de mână şi ieşind din bucătărie.

— N-ar trebui să te las, dar, dacă vrei neapărat să mă ajuţi, mă bucur, îi zise Nick lui Rose.

Se ridică apoi în picioare şi începu să strângă de pe masă cu o uşurinţă pe care Rose i-o admira. Făcu şi ea acelaşi lucru, ocupându-se de farfurii.

— Sunt atât de frumoşi micuţii tăi, iar Michael e adorabil când se comportă atât de drăguţ cu sora lui, spuse Rose fascinată. Era conştientă că Nick stătea foarte aproape de ea, ştergând farfuriile. Mă uimeşti, nu credeam că un bărbat ar face ceea ce faci tu acum... sau mă rog, cei mai mulţi bărbaţi nu fac asta...

— Ai dreptate, însă eu fac multe alte lucruri care nu ţin neapărat de tiparul masculin, zise Nick, privind-o zâmbitor.

Rose îi venea până aproape de umăr.

— Asta e bine... spuse Rose, îndrăznind cu greu să-l privească. Spaţiul dintre ei se făcea tot mai mic, sau cel puţin aşa avu ea impresia când el lăsă prosopul de vase lângă ea, neavând cum să facă acel lucru altfel decât trecându-şi braţul în jurul taliei ei.

Rose încetă să respire pentru câteva secunde. Îi simţi răsuflarea caldă pe gât, iar asta o derută din nou.

— Eşti încordată sau mi se pare? o întrebă Nick.

Revenind la locul său, constată cât de bine se potrivea ea acolo, în casa lui, în bucătăria lui.

— Nu, de ce-aş fi încordată? întrebă ea, amintindu-şi că trebuie să respire cât de cât normal, chiar dacă el se afla atât de aproape.

— Nu ştiu, înseamnă că mi s-a părut... Merg să mă schimb.

Nick ieşi repede din bucătărie, înainte să se gândească şi la alte încăperi în care Rose s-ar fi potrivit atât de bine alături de el.

Ea rămase pe loc, uimită de tensiunea pe care o simţea în aer atunci când erau amândoi în aceeaşi încăpere. Ieşi apoi afară, aşezându-se pe leagăn. Se întrebă oare când va face acele lucruri împreună cu propria ei familie, moment în care cei trei apărură în curte, pregătiţi pentru plimbare.

Imaginea lui Nick în bermude şi tricou îi tăie din nou respiraţia, iar felul în care cei doi fraţi se ţineau de mână o umplu de tandreţe.

— Ei bine, noi suntem gata, anunţă Nick, cuprinzându-i pe cei doi copii pe după umeri, ca să nu fie tentat să meargă la ea şi s-o ajute să coboare din leagăn.

— Şi eu sunt gata, spuse Rose, neputându-şi reţine un zâmbet. Lilly, scumpo, eşti foarte frumoasă în rochiţa asta albastră, adăugă ea şi merse să o îmbrăţişeze.

Spre bucuria ei, fetiţa îi răspunse la îmbrăţişare, sub privirile suspicioase ale lui Nick.

În câteva minute, cei patru înaintau pe jos spre parc, acesta fiind aproape de casă. Rose, Lilly, Michael şi Nick mergeau în ordinea asta, ţinându-se de mână cu toţii, zâmbitori.

Odată ajunşi acolo, Nick cumpără îngheţată şi vată pe băţ pentru toţi, ignorând protestele lui Rose, care vru să-şi plătească partea. Cu toţii stăteau pe o bancă, savurând desertul şi admirând peisajul din faţa lor, înfrumuseţat şi de vremea bună. După ce bunătăţile fură savurate, Nick şi Michael se jucară cu mingea, iar Rose şi Lilly se dădură în leagăn.

În parc era multă lume la ora aceea: familii cu copii, câteva cupluri de îndrăgostiţi, dar şi oameni în vârstă care se relaxau în lumina soarelui de toamnă.

La un moment dat, atenţia lui Rose fu distrasă de strigătul de bucurie al lui Michael, care îşi îmbrăţişa tatăl, fericit că marcase punctul câştigător. Scena o făcu să zâmbească, iar când privirea ei se întâlni cu a lui Nick, văzu că şi el zâmbea. La scurt timp, Nick veni şi se aşeză pe bancă, simţindu-se puţin obosit. Lilly alergă la fratele ei, astfel că rămase singură cu el. Rose era conştientă de puterea lui de atracţie, dar şi de blândeţea de care dădea dovadă în general şi faţă de cei mici în special.

— Copiii ăştia... cresc atât de repede... rosti el, gâfâind. Pe chip i se putea citi încântarea.

— Aşa e... Şi ajung să-şi întreacă părinţii...

— De acord. Sunt atât de mândru de ei: sunt cuminţi şi învaţă bine, dar cel mai important e că mă fac fericit.

Rose tăcu. Se mulţumi să-l privească zâmbitoare câteva clipe, uşor intimidată de ochii săi pătrunzători. Momentul fu întrerupt de apariția celor mici, care veniră în fugă spre ei. Lilly îi puse mâinile la ochi tatălui ei, iar Michael rămase deoparte, urmărindu-i cu oarecare seninătate.

Momentul fu imortalizat de o adolescentă care trecea prin parc şi îi remarcă.

— Pentru voi. Felicitări, sunteţi o familie frumoasă, spuse tânăra entuziasmată, dându-i poza la minut lui Nick, după care plecă, lăsând-o pe Rose fără cuvinte.

— Ei bine, asta a fost ciudat... zise Nick surprins, dar surâzător.

— Ea nu face parte din familia noastră, spuse Michael schimbându-se la faţă, întorcându-le spatele.

— Michael! Să nu te mai aud vorbind astfel vreodată!

Nick puse poza în buzunar. Observă că Rose devenise mai palidă şi mai tristă.

— Nick, e-n ordine, lasă-l în pace. La urma urmei, are dreptate. Nu a fost decât o confuzie nefericită din partea fetei, spuse Rose, abia găsindu-şi cuvintele şi ridicându-se, la rândul ei, de pe bancă.

— Eşti supărată? întrebă Lilly, privind-o cu ochii ei calzi.

— Nu, scumpo, nu sunt supărată, răspunse Rose, găsindu-şi alinarea în braţele fetiţei.

— Chiar dacă ar fi aşa, nu ai motive să-i vorbeşti în felul ăsta, Michael! zise Nick, apropiindu-se de fiul său.

— Nu va fi niciodată în familia noastră! Nu va fi niciodată ca mama! strigă Michael, după care o luă la fugă.

Nick îşi trecu o mână peste obraz şi alergă după el.

— De ce fuge Michael, încă se joacă? întrebă Lilly, mirată.

— Da, scumpo, se joacă.

Rose încercă s-o liniştească pe micuţă, deşi îşi simţea inima sfâşiată de cuvintele lui Michael. O durea intensitatea vorbelor lui, mai ales că era doar un copil. Un copil care suferea enorm, era evident.

Rose o luă apoi în braţe pe Lilly şi se aşeză pe bancă, aşteptându-i pe cei doi să revină. În scurt timp, Nick se întoarse cu Michael. Când se uită mai atent, Rose sesiză că cei doi erau însoţiţi de Nicole, care o privea plină de venin, în timp ce mergea la braţul lui Nick. Arăta splendid îmbrăcată într-o rochie mov, vaporoasă şi decoltată.

Imaginea aceea o chinuia pe Rose, deşi ştia că nu ar fi trebuit. Strânse din pleoape înainte să se ridice de pe bancă şi să vorbească. Simţea că abia mai are voce. Inspiră adânc, ca pentru a se elibera de durerile sufleteşti care o încercau.

— Ce s-a întâmplat cu Michael, de e atât de supărat? întrebă Nicole, mângâindu-l pe cap pe băiat, iar apoi pe braţ, pe Nick.

— A spus nişte lucruri urâte, pentru care îşi va cere scuze chiar acum, rosti Nick privindu-şi fiul cu atenţie.

— Nu-mi cer scuze. Asta e, asta simt, replică băiatul provocator, lăsându-l pe Nick cu gura căscată.

— E în ordine, Nick. Serios, nu e nici o problemă, spuse Rose, simţind că trebuie neapărat să plece de acolo, până nu va rămâne fără aer în încercarea de a nu plânge.

Nu suporta să plângă, numai că uneori impulsul acela se dovedea mai puternic decât ea.

— Nu, Rose. Lucrurile nu pot să rămână aşa. Michael, fiule, trebuie să fii conştient că nu poţi să spui astfel de lucruri, fiindcă oamenii se pot simţi răniţi, şi nu vrei asta, nu-i aşa? spuse Nick, dezlipindu-se din îmbrăţişarea lui Nicole şi ducându-se lângă fiul său, în timp ce cumnata lui îşi dădea ochii peste cap – lucru observat doar de Rose.

— Tată, dar...

— Niciun dar... nu e frumos să-i supărăm pe ceilalţi, ţi-am spus de atâtea ori. Hai, fii băiat cuminte şi cere-ţi scuze. Rose nu merită să te porţi aşa cu ea, spuse Nick, exercitându-şi puterea de convingere.

— Scuze, spuse Michael, abia privind-o pe Rose.

— E-n ordine, Michael. Nu face nimic, zise Rose, remarcând că băiatul se uită fix la mătușa lui. Trebuie să plec acum. Ne vedem luni, adăugă ea, după care plecă, nemaisuportând să se afle acolo. Avea senzația că se sufocă.

Odată ajunsă acasă, mâncă alături de mama ei, apoi se duse la culcare, sperând că se va simți mult mai bine după un somn bun.

Nick, Nicole, Lilly și Michael plecară și ei spre casă, iar după două ore de joacă împreună cu cei mici, mătușa acestora se întoarse, la rândul ei, acasă.

După ce îi citise o poveste fetiței, Nick merse în camera fiului său, având o nouă discuție cu acesta. Îl dezamăgea comportamentul lui, dar spera ca ultima discuție avută cu el să-l fi lămurit în privința modului în care trebuia să-i trateze pe cei din jurul său. Merse apoi la culcare, epuizat, dar fericit că-și petrecuse ziua alături de copiii săi, cei care reprezentau echilibrul de care avea nevoie în viață și cel mai frumos lucru rămas de la soția lui. Din păcate, pe ea o mai vedea acum doar în fotografia de pe noptieră. Era conștient că nu va înceta vreodată s-o iubească, chiar dacă nu se mai afla lângă el, iar locul ei nu va putea fi ocupat de nicio altă femeie.

Capitolul 6

În ziua următoare, Rose se îndrepta spre cafeneaua prietenei sale, când simţi o mână pe umărul său. Se întoarse şi-l văzu pe Tony în spatele ei.

— Bună, Rose. Scuze, n-am vrut să te sperii, spuse el, observând că ea tresărise uşor.

O sărută pe obraz, iar ea făcu acelaşi lucru.

— Bună! E-n ordine, Tony, stai liniştit. Ce mai faci, eşti liber azi?

— Da, intru în tura de noapte, dar până atunci m-am gândit să merg s-o ajut pe Miriam la cafenea, măcar vreo oră-două.

— Faci des asta?

— Doar atunci când am timp, spuse el uşor încruntat, iar Rose trebui să facă un efort pentru a nu zâmbi.

— Ei bine, o vom ajuta împreună, fiindcă şi eu tot acolo merg. Am weekendul liber şi pot, în sfârşit, să povestesc cu ea pe săturate, zise Rose, inspirând aerul răcoros, de toamnă.

— Bine... spuse Tony, punându-şi braţul în jurul taliei ei.

— Ah, Tony, dacă n-ar fi vorba de tine... Cine şi-ar permite asta cu mine ar avea de suferit, râse Rose, ascunzând faptul că nu suporta să fie atinsă de oricine.

— Ştiu, Rose, ştiu. Tocmai de-asta mă consider norocos, îi spuse el, zâmbindu-i în felul acela fermecător. Apropo, n-am mai reuşit să vorbim despre munca ta acasă la Nick Spencer. Cum e, cum te tratează? Sper că nu e un alt Edgar.

— Totul e în regulă, iar cei mici sunt foarte drăguţi, spuse Rose, observând că el avea o privire îngheţată atunci când pomenea de Edgar.

— Asta e bine, e foarte bine. Şi Nick cum e? Am auzit că multe femei din Midland suspină după el.

— Nick e... foarte amabil. Asta e tot ce contează, conchise ea, evitând să-l privească. Încercă să-şi controleze tremurul uşor care îi străbătea corpul atunci când i se amintea de el. În altă ordine de idei, am auzit că eşti cu Becky acum, îi spuse Rose zâmbind, deşi suferea când se gândea la Miriam şi la sentimentele ei pentru Tony.

— Te deranjează? o întrebă el curios.

— Nu, Tony, nu mă deranjează. Ştii prea bine ce simt faţă de tine, nu e cazul să-ţi reamintesc, nu-i aşa?

— Nu, domnişoară doctor, nu e cazul, mai ales că aproape am reuşit să trec peste ceea ce nu am trăit noi doi, împreună.

Tony se străduia să pară amuzat.

— Şi... ai planuri serioase cu Becky? îl întrebă Rose, mai mult pentru Miriam.

— Cât de serioase pot fi pentru nişte nopţi pasionale, dar atât... răspunse Tony, îngândurat.

— S-ar părea că te frământă ceva... Ce este? Ştii că poţi să ai încredere în mine, nu-i aşa?

— Ştiu, dar... e cam greu de crezut şi pentru mine ceea ce îmi trece prin minte de câteva zile bune încoace, zise Tony, trecându-şi o mână prin părul blond şi des. Nu m-ai crede nici dacă ţi-aş spune....

— Pune-mă la încercare, zise Rose trăgându-l de mână până la cea mai apropiată bancă de pe stradă, pe care se aşezară.

— Rose... ideea e că pare atât de prostesc şi incredibil, încât chiar şi eu sunt şocat de ceea ce simt... În fine, îţi voi spune doar dacă îmi promiţi că va rămâne între noi. Ai înţeles? o întrebă Tony, pierzându-se puţin în ochii ei frumoşi şi trişti.

— Bine, bine, dar spune-mi odată... Mă sperii... Ce se întâmplă?

Rose îl privi cu drag. Era prietenul şi eroul ei, iar asta nu putea să se schimbe vreodată, indiferent de situaţie.

— Îmi promiţi că nu vei râde pe seama mea? o întrebă Tony, simţind că nu mai poate ascunde prea mult timp adevărul despre ceea ce se întâmpla în inima lui.

— Îţi promit, dragul meu. De altfel, am râs eu de tine vreodată?.

— Bine, bine, ai dreptate. Dar să nu uiți că mi-ai promis. Cred că... de fapt, sunt aproape sigur că...

— Ce e? Haide, spune-mi, nu mă mai fierbe așa,.

— Cred că am început să simt ceva pentru Miriam... spuse Tony răsuflând ușurat, ca și cum s-ar fi eliberat de o povară.

Rose rămase fără cuvinte timp de câteva secunde, privindu-l surprinsă. Când, în sfârșit, deschise gura, nu reuși să întrebe decât atât:

— Ești sigur?

— Da, sunt sigur... E o nebunie, nu-i așa? De-asta nu poți să spui nimic? o întrebă Tony cu tristețe.

— Nu, sigur că nu... numai că... Știi și tu... Nu de mult spuneai că mă placi pe mine, iar acum spui altceva... Pare puțin ciudat, trebuie să recunoști..., zise Rose, resimțind încă efectul cuvintelor lui.

— Așa e, ai dreptate... Nici eu nu mă mai înțeleg... Tot ce știu e că, atunci când sunt în preajma lui Miriam, simt o nevoie ciudată de a o îmbrățișa și săruta... și nu așa cum fac doi prieteni....

— Ești un prostuț! zise Rose.

Se simțea într-o postură ingrată, pusă cumva la mijloc între Tony și Miriam, forțată să le păstreze secretul.

— De ce? o întrebă Tony, zâmbind în colțul

buzelor.

— De-aia. Cum poți să umbli cu Becky, dacă simți ceva pentru Miriam? Of... îmi vine să te bat de să te învinețesc, zise Rose, ridicându-se de pe bancă.

— Poate e o prostie, dar am vrut să-i atrag atenția. Acum vei spune ceva de genul: „Bărbații fac lucruri prostești uneori"? întrebă Tony, ridicându-se și el.

— Să-i atragi atenția?! Așa? Serios, Tony, nu te recunosc, parcă aș vorbi cu altcineva, nu cu tine. Tu, marele cuceritor, nu știi ce să faci pentru a atrage atenția așa cum trebuie femeii pe care o placi?

— Haide, Rose, nu exagera, nu sunt Casanova. La urma urmei, mă simt atât de ciudat... Încearcă să mă înțelegi, nu mi-e ușor să recunosc nici față de mine însumi, darămite să-ți povestesc ție toate astea. Nu de critici am nevoie acum, ci de sfaturi.

— Iartă-mă, dar m-ai luat prin surprindere. Nu mă pricep să dau sfaturi, mai ales în astfel de probleme, dar în mod sigur îți spun să nu mai ieși cu Becky, dacă ceea ce simți pentru Miriam e serios.

— E serios... de asta m-am hotărât atât de greu să-ți spun și ție. Știu că o cunoști pe Miriam mai bine decât oricine, chiar și decât mine, și de-asta trebuie să mă ajuți. Ce să fac pentru a ajunge la inima ei?

— Ascultă-mă bine, fiindcă n-am de gând să-ți spun asta decât o singură dată: dacă o faci pe Miriam să sufere, vei avea de-a face cu mine și vei putea să uiți și de prietenia noastră, spuse Rose, ridicând un deget amenințător spre el. Acum, dacă e să-ți dau un sfat, acesta e următorul: fii tu însuți, prostuțule. Așa cucerești cu adevărat o femeie, nu sărutându-te cu alta în fața ei. În fața ei, Tony! Cum ai putut să faci asta?

— Am vrut să-mi dau seama dacă o fac geloasă, doar nu pot să merg direct la ea și să-i spun că o plac. Mi-ar da cu ceva în cap și mi-ar spune să-mi revin. Nu vreau să mă fac de râs, Rose, spuse Tony, cu o seriozitate pe care o mai văzuse la el doar de câteva ori.

— Nu, sigur că nu. Cum să mergi la ea și să-i spui ce simți? Nu, asta e o mare prostie, doar nu așa se face în mod normal... îl ironiză fata. Of, Tony, nu pot să cred, ești un bărbat inteligent, cum poți să faci astfel de lucruri? Nu uita ce ți-am spus. Și acum, hai să mergem, altfel, Miriam se va îngrijora că întârziem.

Tony merse în același ritm cu ea, gândindu-se tot mai mult la cuvintele sale. Deschise ușa cafenelei, lăsând-o să intre înaintea lui. O urmă îndeaproape, atent la reacțiile celor două prietene. Miriam o îmbrățișă pe Rose, dar când el vru să facă același lucru se trezi refuzat, spre uimirea lui.

— Bună, Miriam. Ce se întâmplă, nu te mai pot îmbrăţişa? o tachină el, încercând să-şi reprime nevoia de a şi-o simţi aproape.

— Eu merg să caut... Am ceva de căutat, spuse Rose, după care plecă, lăsându-i singuri.

— Nu, nu mai vreau să mă îmbrăţişezi, răspunse Miriam, categorică.

Îl privea cu răceală, ţinându-şi mâinile pe lângă corp, pentru a rezista tentaţiei de a-l îmbrăţişa, cum şi-ar fi dorit, de fapt.

— De ce? Am făcut ceva rău? Te-am supărat? o întrebă Tony nedumerit, făcând câţiva paşi spre ea.

— Unde ţi-e iubita? îl întrebă ea, săgetându-l cu privirea şi dându-se în spate.

Atinse rafturile cu diverse produse, însă când vruse să înainteze, el îi ţinu calea.

— De ce întrebi? Din curiozitate sau din gelozie? Asta e? o întrebă cu aroganţă.

— N-aş putea fi geloasă pe iubita ta, Tony. Ar trebui să simt ceva pentru tine, ceea ce nu e cazul.

Miriam vru să plece, dar el o prinse de braţ şi o trase lângă el.

— Ce se întâmplă, de ce ne purtăm aşa unul cu altul? Doar suntem prieteni.

— Poate că lucrurile se schimbă uneori. Poate că nu mai vreau să fiu amica ta, cea care te ascultă şi e mereu aici pentru tine, zise Miriam, privindu-l în ochi şi umezindu-şi buzele din reflex, fără a bănui ce reacţie stârneşte în bărbatul din faţa ei.

— Şi de ce nu? De ce trebuie ca relaţia dintre noi să se schimbe?

Tony o privea fascinat, realizând, cu fiecare clipă care trecea, ce însemna de fapt pentru el femeia din braţele lui şi cât timp pierduse neînţelegând acest lucru la timp. Îi aşeză o şuviţă blondă după ureche şi o mângâie pe obraz, simţind tot mai intens fiorul care-l străbătea.

— Ştii ce, nu trebuie să-ţi dau vreo explicaţie. Nu pot fi amica unui bărbat care foloseşte femeile după bunul plac, apoi trece la următoarea cucerire. Nu-mi zâmbi, Tony, nu vei rezolva nimic cu asta. Ar trebui să te întorci la iubita ta, în mod sigur te aşteaptă, zise Miriam, simţind că se topeşte sub atingerea blândă a mâinii lui.

— Poate că nu e iubita mea, şi oricum... de când discutăm noi despre relaţiile mele atât de intens? Parcă vorbeam despre prietenia noastră, nu despre relaţiile mele amoroase, spuse Tony, punându-şi din nou braţul în jurul taliei sale.

— Nu trebuie să vorbesc despre nimic cu tine. În plus, Rose e în camera alăturată şi ne aude... Şi ai putea să-mi dai drumul din braţe, spuse Miriam, simţind iritarea care creştea în ea.

— Rose! Rose! Vezi, a plecat? zise Tony, nelăsând-o din brațe.

— Nu se poate, trebuia să mă ajute...

— Poate a simțit că trebuie să rămânem singuri, Miriam... Am putea spune că Rose are un al șaselea simț când vine vorba de lucrurile astea, nu crezi? o întrebă el fascinat.

— Știi ce? Ar trebui să pleci și tu, oricum lucrezi la noapte, nu vreau să te rețin. Știi deja unde e ușa... zise Miriam, făcându-i semn să plece, nu înainte de a-și reține un suspin privind în ochii lui verzi, frumoși.

— Bine, plec, dar ne mai vedem. O zi bună să ai, draga mea prietenă, îi spuse Tony, sărutând-o pe obraz, foarte aproape de buze, după care plecă fără să privească înapoi.

Miriam se uită lung după el, apoi reîncepu să aranjeze produsele pe raft, sperând că astfel își va lua gândul de la el, lucru tot mai dificil, cu fiecare zi care trecea.

Rose auzise doar frânturi din conversația lor și, nevrând să-i deranjeze, plecase spre casă, sperând că cei doi vor reuși să se înțeleagă. Erau prietenii ei și-și dorea să-i vadă împreună cât mai repede.

În drum spre casă, atenția îi fu atrasă de noul cinematograf din oraș, acoperit de un afiș care anunța premiera unui film. Curioasă, își făcu loc printre oameni și merse să-și ia bilet, mai ales că nu mai făcuse asta de ceva timp.

Gândul îi zbură pentru o clipă la Nick şi la cei mici, întrebându-se ce fac şi dacă sunt bine. Oare e şi Nicole cu ei? Pentru o clipă, îşi imagină cât de bine se simt toţi patru, împreună. Era tot mai convinsă de faptul că Nicole nu-l vede pe Nick doar cu ochi de cumnată. Asta îi stârnea un sentiment de tristeţe inexplicabil.

Cu biletul în mână, merse în sală şi se aşeză pe un scaun, aşteptând să înceapă filmul. La un moment dat, auzi o voce în spatele ei.

— Tati, Rose e aici! Hai să mergem la ea, spuse micuţa Lilly, ridicându-se de pe scaunul ei.

— Bine, să mergem, zise Nick, surprins plăcut de reacţia fiicei lui.

Nick, Lilly şi Michael veniră lângă Rose, iar după ce se salutară, se aşezară lângă ea.

— Nu mă aşteptam să te văd aici, îi mărturisi Nick lui Rose, în timp ce lumina se stinse în sală.

— Nici eu nu mă aşteptam să vin aici, a fost o decizie de moment. Îmi era dor să văd un film la cinema, n-am mai fost demult şi trebuia să fac şi asta, îi explică Rose, înciudată pe tremurul uşor al vocii ei.

— Abia aştept să înceapă filmul, spuse Lilly fericită, bătând din palme, după care îşi aşeză cu grijă cutia cu popcorn în poală.

Rose observă că Michael îi vorbeşte, dar numai strictul necesar. Cel puţin era o mică schimbare față de comportamentul obișnuit. Cât despre Nick... stătea chiar pe scaunul de lângă ea, făcând-o să se simtă foarte mică și emoționată, fără să știe, desigur.

— Cum de sunteți doar voi aici? întrebă Rose curioasă.

— Cine mai trebuia să fie cu noi? zise Nick curios, ridicând o sprânceană și așezându-se mai bine pe scaun. Aruncă o privire în direcția celor mici, pentru a se asigura că sunt cuminți.

— Nicole, zise Rose, încercând să păstreze un ton neutru.

— A, despre ea era vorba... E ocupată cu vânzarea unor imobile și nu a reușit să vină cu noi.

— Începe filmul, nu mai vorbiți, spuse Lilly, atrăgându-le atenția celor doi adulți, care zâmbiră în același timp.

— Vizionare plăcută, scumpo, îi zise Rose.

Îi venea s-o ia în brațe și să se uite așa la film. Deși nu o cunoștea de mult timp, prinsese drag de ea. Era adorabilă și cuminte, foarte diferită de fratele ei, mai mereu serios și rece când venea vorba de ea. Și el îi era drag, numai că nu-i permitea să se apropie de el, iar asta o întrista și o făcea să aibă o atitudine mai rezervată față de el.

Filmul începuse, iar toți cei din sală erau atenți la ceea ce se întâmpla. Rose își zise că nu mai fusese vreodată atât de încordată în timpul vizionării unui film. Cu coada ochiului, se uită la ceilalți trei spectatori de lângă ea: Lilly și Michael erau cu totul prinși de acțiunea filmului, iar Nick părea, la rândul lui, absorbit de acesta. La un moment dat, auzi ca prin vis vocea joasă a lui Nick:

— Rose, e un film de comedie. Ar trebui să zâmbești, dar ești foarte serioasă! S-a întâmplat ceva?

— Nu, spuse ea, tresărind. Sunt bine, și așa e, ai dreptate, ar trebui să zâmbesc, dar probabil nu mi-am ales filmul potrivit, adăugă Rose, zâmbindu-i, mai mult pentru a masca ceea ce simțea.

— Ce film trebuia să-ți alegi? o întrebă el curios, în șoaptă, pentru a evita o nouă observație din partea fetiței.

— De acțiune, poate.

— Deci îți plac filmele cu lupte sau cu polițiști?

— De fapt, acelea sunt preferatele mele. Ador să văd bărbați frumoși în uniformă, care rezolvă tot felul de cazuri complicate.

Rose luă câteva floricele de porumb în mână.

— Am auzit multe femei spunând asta. Ce vă atrage la bărbații în uniformă? o întrebă el curios, zâmbind ușor.

— Cred că nu prea există mulți bărbați frumoși în uniformă și tocmai asta atrage. În plus, e vorba despre puterea pe care ți-o inspiră: îți dau impresia că pot rezolva totul, iar asta îți oferă un sentiment de siguranţă.

Abia atunci realiză ce făcea Nick. Pentru câteva minute, uitase că şi el era un bărbat în uniformă. Roşi puternic, gândindu-se că el are puterea de-a o face să vorbească despre ea atât de uşor, de parcă l-ar fi cunoscut dintotdeauna.

Nick tăcu. Îi observă reacţia şi se mulţumi să surâdă, urmărind din nou filmul sau cel puţin lăsând impresia că asta face.

Filmul se termină repede, iar la ieşirea din cinematograf, Rose îşi luă rămas-bun de la cei trei, promiţându-i fetiţei că se vor revedea luni dimineaţa. Plecă apoi spre casă, puţin mai feri-cită decât fusese până atunci în ziua respectivă. Îi venea greu să recunoască, însă i-ar fi plăcut să petreacă mai mul timp alături de ei.

Odată ajunsă acasă, fu nevoită să răspundă avalanşei de întrebări din partea mamei sale, în timp ce luau cina împreună. După un duş rela-xant, se întinse în pat, gândindu-se la ziua urmă-toare. Era ziua oraşului Midland şi abia aştepta să participe la festivităţile care urmau să aibă loc. Gândul îi zbura la vata pe băţ pe care o mân-ca de fiecare dată, dar şi la preparatele culinare care stârneau pofta tuturor celor care treceau prin oraş în ziua aceea. De asemenea, se orga-nizau diverse activităţi sportive, pe care îi plă-cea să le urmărească. Rose adormi cu gândul la aceste lucruri şi la îmbrăţişarea scurtă, dar atât de plăcută, pe care o primi din partea lui Nick înainte să plece spre casă. Ştia că nu ar trebui să se gândească prea mult la asta, însă nu se putea abţine.

Capitolul 7

Spre dimineaţă, pe Rose o treziră din somn nişte zgomote puternice. Ascultând mai bine, îşi dădu seama că auzea sirena pompierilor. De obicei, răsuna când era un incendiu în micul lor oraş. Se ridică din pat, se uită la ceas şi văzu că era şase dimineaţa. Ştia că Tony lucra în noaptea aceea, aşa că îl sună, pentru a se asigura că e bine. Fiindcă nu răspunse, încercă din nou, dar nici de data asta nu avu noroc. Îi telefonă apoi pe Miriam, sperând să nu i se fi întâmplat ceva lui Tony, fiindcă de obicei el îi răspundea, chiar dacă nu avea timp decât să-i spună că e bine. Stabiliră să se întâlnească în oraş, la sediul pompierilor, pentru a vedea care e situaţia.

Odată ajunse acolo, Rose îl văzu pe Hawk, colegul lui Tony, care părea grăbit şi agitat.

— Bună dimineaţa, Hawk! Ce se întâmplă? îl întrebă Rose, presimţind că ceva nu e în regulă.

— Bună dimineaţa, Rose, Miriam, le salută el pe cele două prietene.

Cunoştea deja motivul pentru care se aflau acolo. Toată lumea ştia că cei trei prieteni erau nedespărţiţi încă de pe băncile şcolii, iar dacă unul dintre ei avea de suferit, ceilalţi doi îi ofereau sprijin.

— Unde e Tony? A fost cu tine la stingerea incendiului, nu-i aşa? întrebă Miriam îngrijorată.

— Fetelor, n-o să vă placă asta, dar trebuie să vă spun: Tony a fost transportat la spital. Incendiul a avut loc la sediul unei bănci, iar o parte din tavan a căzut peste el, în flăcări, lăsându-l inconştient. Acum am adus maşina de pompieri la sediu şi merg şi eu la spital. Haideţi cu mine, dacă vreţi, spuse tânărul pompier cu un glas preocupat.

— Sigur că vrem, zise Rose cu o voce stinsă, luând-o de mână pe Miriam, care o urmă în tăcere.

Se urcară în maşina lui Hawk, care conduse cu rapiditate până la spital.

— A fost singur acolo? întrebă Miriam, gândindu-se cu groază că ar putea să-l piardă pe dragul ei Tony. Era nerăbdătoare să-l vadă, să afle informaţii despre starea lui.

— Ştii că nu, Miriam, dar până am venit din cealaltă încăpere, Tony era deja întins pe jos, spuse Hawk, ştergându-şi fruntea.

Purta încă hainele de pompier. Remuşcările se simțeau în vocea sa, dar și în privire. Era obosit, dar voia să se asigure că Tony e în afara oricărui pericol.

— Lucrurile astea se întâmplă zilnic. E-n regulă, Hawk, sunt sigură că Tony va fi bine, spuse Rose, sperând din toată inima să fie așa.

Îi puse o mână pe umăr lui Hawk, apoi o îmbrățișă pe Miriam, care încerca să nu plângă, însă ochii îi erau tot mai umezi.

Odată ajunși la spital, Rose fu cea care vorbi cu Cedric Malcolm, doctorul lui Tony, un fost coleg de-al ei de la cabinetul medical, medic competent, deși avea numai 25 de ani.

— Nu mă mir că te văd aici, Rose, deși nu e un motiv fericit, din păcate, îi spuse Cedric, zâmbindu-i călduros.

— Bună, Cedric. Cum se simte Tony?

— Nu prea bine, dacă ne gândim la ceea ce i s-a întâmplat. E la terapie intensivă, dar să sperăm că tinerețea lui îl va ajuta să lupte să rămână în viață. Momentan, e monitorizat de aparate, adăugă Cedric, punându-i o mână pe umăr, pentru a o liniști.

— Te rog, spune-mi că pot să-l văd, zise Rose tot mai nerăbdătoare, trecându-și mâna prin părul răvășit și privind-o în treacăt pe Miriam, care aștepta lângă ea. Hawk plecase după cafele.

— Știi că nu e permis, dar pe tine nu pot să te refuz... Nu e momentul potrivit, dar, dacă vre-

odată vrei să vii aici, la spital, eşti mai mult de-
cât binevenită, îi spuse tânărul doctor.

— Cedric... ştiu şi mă voi gândi la asta, dar
acum nu vreau decât să-mi văd prietenul, iar
Miriam să vină cu mine. Nu stăm mai mult de
cinci minute, îţi promit, îl asigură Rose, privin-
du-l cu drag.

— Bine, aşa să fie, atunci... Nu pot să refuz
două femei frumoase, ar fi un gest de neiertat
din partea mea.

Cedric le conduse în salonul lui Tony. Odată
ajunse acolo, Rose şi Miriam s-au dus imediat
lângă Tony, abţinându-se cu greu să plângă.

Prietenul lor era întins pe pat, dezbrăcat
până la brâu, bandajat şi intubat. Respira doar
cu ajutorul aparatelor, iar la mâini avea perfuzii.

Cedric le lăsă singure. Avea şi alţi pacienţi
de vizitat. Întâlnirea cu Rose îl bucură, mai ales
că ştia prin ce trecuse cu ceva timp în urmă. O
considera un medic competent, nu doar o per-
soană foarte plăcută. Ca toţi ceilalţi colegi ai ei,
Cedric se bucura că Edgar se afla la închisoare,
acolo unde-i era locul.

În salon, cele două fete îşi priveau prietenul
cum stătea inert pe pat. Le trecură fiori. Se apro-
piară de el, de-o parte şi de alta a patului, se ui-
tară una la alta şi începură să lăcrimeze.

— Tony, să te faci bine, băiat frumos, spuse
Rose, mângâindu-i obrazul acoperit de vânătăi.

Merse apoi lângă Miriam şi o îmbrăţişă, după care ieşi din salon, lăsând-o singură cu el. Ştia că Miriam avea nevoie de un moment singură cu Tony. Cât despre ea, voia să meargă la capela spitalului, să se roage pentru prietenul ei drag.

Rămasă singură cu Tony în salon, Miriam începu să plângă încet, nemaiputându-şi stăpâni reacţiile. Îi mângâie chipul frumos, apoi se rugă pentru el.

— Trebuie să te faci bine, Tony. Eu... am nevoie ca tu să fii bine... Nu suport să te văd aşa, rănit şi inconştient. Dacă mă auzi, şi ştiu că mă auzi, ascultă-mă: trebuie să te ridici din patul ăsta. Am nevoie de tine... iubitule... Să nu îndrăzneşti să mă laşi singură tocmai acum, când simţi ceva pentru mine... Eşti singurul bărbat pe care îl vreau lângă mine, aşa că să faci bine să deschizi ochii şi să te faci bine. Chiar dacă mă vei intimida de fiecare dată când te voi privi, cel puţin voi şti că vei fi aici, cu mine. Habar n-ai câte vreau să-ţi spun, frumosul meu Tony. Nu vreau să mai pierd nicio clipă atunci când te vei trezi. Întoarce-te la mine, iubitule... Nu mă lăsa singură, nu-mi poţi face asta... Ştiu că suntem doi încăpăţânaţi, dar avem nevoie unul de altul... Dă-mi un semn că eşti bine, că mă auzi... vorbi Miriam, printre lacrimile care i se revărsau pe chipul răvăşit.

Îl sărută pe obraz, dorindu-şi din toată inima ca el să o audă, să o simtă, să deschidă ochii. Tony însă nu dădu niciun semn, iar Miriam fu întreruptă din șirul gândurilor ei de ușa care se deschise.

— E timpul... spuse Cedric încet, observându-i tristețea. Vom avea grijă de el și, cu puțin noroc, se va face bine, vei vedea. Trebuie doar puțină răbdare, adăugă el, punându-i o mână pe braț și încercând să o liniștească.

— Să ai grijă de el... spuse Miriam, ștergându-și lacrimile.

— Îți promit. Acum du-te acasă și odihnește-te, nu poți face nimic aici. Mâine poți să-l vizitezi din nou, îi zise Cedric, după care se uită cu atenție la monitoare, analizându-le.

— Nu pot să rămân aici, afară, adică? întrebă ea, cu o urmă de speranță.

Simțea că n-ar mai plecat de lângă Tony, împotriva oricărei logici: umane sau medicale.

— N-ar ajuta cu nimic, doar te-ai obosi. Du-te acasă liniștită și, dacă e ceva, vă anunț pe toți, îi zise Cedric. Ții mult la el, nu-i așa?

— Da... Cred că voi pleca acum. Ne vedem mâine. Pa, Cedric! îi spuse Miriam deschizând ușa.

— Pa, Miriam!

Miriam închise ușa și se îndreptă spre capela spitalului. Acolo îi văzu pe Rose și pe Nick discutând și plecă, cu gândul că o va suna pe Rose mai târziu. La ieşire din spital, îl zări pe Hawk, care se plimba neliniştit, şi vorbi cu el, după care plecă împreună cu el spre cafenea. Nu voia să meargă acasă şi să plângă, ci să-şi ocupe timpul, pentru a-şi distrage atenţia de la ceea ce se întâmplase.

Rose fu surprinsă când simţi o mână pe umărul ei. Se întoarse şi-l văzu pe Nick, care o privea cu blândeţe.

— Bună, Rose.

— Bună, Nick... dar ce faci aici? Ai pe cineva la spital, sau micuţii... spune-mi că nu e vorba de ei, se arătă Rose îngrijorată, simţindu-şi inima bătându-i mai repede şi din cauza prezenţei lui neaşteptate.

— Nu e nimic din toate astea, stai liniştită, cei mici sunt bine...

— Atunci... tu? Eşti bine? îl întrebă Rose privindu-l cu atenţie, căutând o eventuală rană sau lovitură.

— Sunt bine, zise Nick, uşor amuzat de reacţia ei spontană.

— Ei, bine? spuse ea, aşteptând un răspuns.

— Am venit aici pentru tine, Rose. Adică am auzit ce s-a întâmplat cu Tony şi m-am gândit să vin să văd cum se simte, o lămuri el, mângâindu-i uşor braţul.

Lui Rose nu-i venea să creadă ce auzea. Trecea de la starea de uimire la cea de bucurie numai fiindcă el se gândise să facă acel gest.

— Eu... îți mulțumesc, Nick...

— Nu ai pentru ce, Rose. Cum se simte Tony? Știu că voi doi sunteți apropiați și se vede că ești afectată de ceea ce s-a întâmplat, zise el, așezându-se pe scaun.

— Da, așa e... suntem prieteni foarte buni încă de mici și ceea ce se întâmplă unuia dintre noi îl afectează și pe celălalt, spuse Rose așezându-se la rândul ei.

— E normal să fie așa... va fi bine, nu-ți face griji, îi zise Nick, luând-o de mână, mângâind-o și oprindu-se când realiză ce făcea. Totuși, continuă să-i țină mâna într-a lui, având un sentiment ciudat de bine, de potrivire.

— Mulțumesc pentru încurajări. Sper să fie așa. Tony e un băiat minunat și nu merită să sufere din niciun motiv. Realiză din nou cât de frumos, blând și cald era bărbatul de lângă ea. Emana masculinitate și căldură, o combinație foarte atrăgătoare și periculoasă. Unde sunt cei mici? îl întrebă, permițându-și luxul de a-și lăsa mâna în mâna lui, de a se lăsa invadată de senzația de bine pe care o resimțea din plin.

— La mătușa lor. Din fericire, am reușit să-i las să stea câteva ore cu ea înainte să vin aici.

— Nu trebuia să te deranjezi, Nick, dar îți mulțumesc. Mă bucur că ești aici, îi spuse ea surâzând, spunându-i o mică parte de adevăr.

— Lasă asta în seama mea, Rose. Spune-mi cum se simte Tony.

— Deocamdată e menținut în viață doar de aparate, dar noi sperăm să-și revină cât mai repede.

— Sperăm?

— Da. Eu și Miriam, prietena mea, proprietara cafenelei din apropierea casei mele. Cedric m-a asigurat că va face tot ce poate pentru ca Tony să se facă bine.

— Cedric? ridică el o sprânceană, întrebător.

— Doctorul lui Tony. E un medic foarte bun și am încredere în el.

— Asta e foarte bine, Rose. Nu trebuie să-ți pierzi speranța nici atunci când totul pare pierdut, zise Nick, în timp ce o umbră îi trecu peste chip, iar Rose știu că în acele momente el se gândea la soția lui.

Rose simți compasiune, dar și regret pentru pierderea lui Nick. Era sigură că între el și soția lui existase o legătură cu totul specială, iar lucrul acela rămânea în sufletul cuiva pentru totdeauna. Viața putea fi atât de nedreaptă uneori... chiar și ea simțise asta la un moment dat. Își trase mâna dintr-a lui, considerând că e de ajuns.

— Vrei să-ți aduc ceva, un suc sau de mâncare? o întrebă el, ușor nedumerit de gestul ei, dar și de al lui.

Nu-şi putea explica de ce simte subit nevoia de-a o ţină de mână şi de a-şi petrece cât mai mult timp cu ea. Se ridicase în picioare şi îi adresase întrebarea aceea tocmai pentru a nu se gândi prea mult la anumite lucruri care aveau legătură cu ea.

— Nu, mulţumesc, răspunse Rose. De fapt, ar trebui să merg să o caut pe Miriam... Am lăsat-o în salon şi...

Lăsă fraza neterminată, simţind nevoia să se îndepărteze de el.

— Vin cu tine, nu-ţi face griji. Sunt sigur că Miriam te aşteaptă, îi spuse el, însoţind-o pe holul spitalului.

Nu mai spuse nimic, lăsându-l s-o urmeze. În salon, Nick se apropie de patul lui Tony, aşezându-se pe scaun, iar Rose scoase telefonul din geantă, vrând s-o sune pe Miriam. Văzu însă că primise de la ea un mesaj în care îi spunea că a plecat şi că urma să se vadă mai târziu sau în ziua următoare.

— Se pare că Miriam a plecat, spuse Rose, venind lângă patul prietenului ei. Sper să-şi revină cât mai repede, mai are multe de făcut... adăugă ea, luându-l de mână pe Tony.

— Va fi bine, vei vedea, Rose, spuse Nick îmbrăţişând-o, lăsând-o fără replică. Haide, te conduc acasă, trebuie să te odihneşti.

— Dacă crezi că e în regulă...

Se lăsă în voia lui. Măcar pentru câteva minute voia ca să aibă grijă de ea cineva, iar dacă acel cineva era chiar Nick, cu atât mai bine.

— E-n regulă, Rose, crede-mă. Ești obosită și trebuie să te odihnești, îi spuse el, cuprinzând-o de talie și ieșind cu ea din salon.

O conduse la mașina lui, apoi plecară împreună spre casa ei. Rose se simțea obosită, dar și în siguranță, chiar dacă era pentru prima dată când era singură cu el în mașină, fără copii. Astfel, drumul i se păru la început scurt, apoi prea lung. Era conștientă de faptul că el o putea face să vorbească cu o ușurință care altora le lipsea.

— Îți mulțumesc că m-ai adus acasă, Nick. Apreciez gestul tău, îi spuse Rose, zâmbindu-i în semn de recunoștință.

— Cu plăcere, dar vreau ceva în schimb, îi zise el, amuzându-se de privirea ei încruntată.

— Așa, deci...

— E vorba despre sărbătoarea orașului de astăzi. Știu că nu îți arde de distracție, dar mie și celor mici ne-ar face plăcere dacă ne-ai însoți la o plimbare, îi spuse el, gândindu-se că cei mici vor fi de acord cu ideea lui.

— Da, sigur... mai ales lui Michael i-ar face mare plăcere... zise Rose, zâmbind cu tristețe.

— Michael e doar un copil care, cu timpul, se va obișnui cu prezența ta. Nu trebuie să te lași afectată de comportamentul lui. Am stat de vorbă cu el şi sper că nu va mai avea ieşiri precum cea de ieri, o asigură el.

— Ai dreptate, din nou... ce pot să spun, decât că voi veni cu voi mai târziu. Puţină relaxare îmi va prinde bine.

— Te sun mai târziu, atunci. Ne vedem peste câteva ore, îi spuse Nick zâmbindu-i, fără a bănui efectul pe care îl avea asupra ei.

— Ne vedem mai târziu, aprobă ea şi-i zâmbi la rândul său, după care îl privi cum pleacă, nu înainte de a-i face cu mâna în semn de salut.

Rose inspiră adânc aerul răcoros de toamnă, apoi intră în casă. Îi povesti mamei sale ce se întâmplase cu Tony în timp ce mâncau, Pe urmă dormi câteva ore, înainte de a ieşi la plimbare cu Nick şi cei mici.

Capitolul 8

Rose opri alarma telefonului şi începu să se pregătească de plimbare. După ce se îmbrăcă, se uită în oglindă, admirând rezultatul: deşi purta blugi şi un tricou, iar părul şi-l prinse în coadă de cal, îi plăcea cum îi stă. O sună pe Miriam pentru a se interesa de starea lui Tony, însă veştile erau neschimbate. Oftând, închise telefonul, apoi se auzi strigată de mama ei.

— Rose, vino aici, a venit Nick!

— Vin! zise ea şi coborî bucătărie.

Nick era deja acolo şi o aştepta, iar când o văzu, zâmbi. Prezenţa lui parcă umplea tot spaţiul din încăpere, iar felul în care arăta făcea ca inima să-i bată mai repede. Era îmbrăcat în blugi, tricou şi o geacă de blugi, toate acestea mulându-se pe el şi făcându-l să arate foarte bine, sexy chiar.

— Bună, Nick, bine ai venit, îi spuse Rose, întorcându-i zâmbetul.

— Bună, Rose. Eşti gata? o întrebă el, în timp ce o analiza.

— Da, sunt gata. Cei mici?

— Sunt în maşină, le-a fost ruşine să intre.

— Nu trebuia să le fie...

— Hai să mergem, Rose. Doamnă Smith, a fost o plăcere să vă revăd, spuse şeriful galant, sărutându-i mâna, gest care le impresionă pe cele două femei.

— Şi pentru mine, Nick. Distracţie plăcută! le ură Allison.

— Mulţumim! spuseră amândoi deodată, după care plecară, lăsând-o pe Allison să privească lung în urma lor.

Allison zâmbi când văzu că el cuprinde cu braţul talia lui Rose, apoi îi deschide portiera.

Rose fu pupată de Lilly şi salutată politicos de Michael, care nu privea cu ochi buni faptul că ea era cea care se aşezase pe scaunul din faţă, lângă tatăl său. Ar fi preferat să fie mama lui sau altcineva, ori, cel puţin, aşa i se spusese că ar trebui să fie...

— Ai reuşit să dormi puţin? o întrebă Nick pe Rose, aruncându-i ocheade în timp ce conducea.

— Da, puţin...

— Ce mai ştii de Tony?

— Am sunat-o pe Miriam, dar situaţia nu s-a schimbat... Nu putem decât să sperăm că se va însănătoşi cât mai repede.

Nick văzu paloarea care apăru pe chipul ei şi o strânse uşor de mână.

— Va fi bine, trebuie să fie. Tony înseamnă mult pentru tine, nu-i aşa? o întrebă el cu căldura care o învăluia tot mai mult.

Permiţându-şi o clipă să viseze, Rose realiză că ar putea privi acei ochi minute în şir şi tot nu s-ar sătura...

— Da. Este prietenul meu cel mai bun.

Timp de câteva secunde îl lăsă s-o ţină de mână, dar apoi şi-o retrase, gândindu-se că poate nu e tocmai potrivit.

Nick nu spuse nimic. Înghiţi în sec, după care încercă să se concentreze asupra condusului.

— Cine e Tony? întrebă Lilly, privindu-i pe amândoi cu o curiozitate specifică.

— Un prieten de-al meu, răspunse Rose, cucerită din nou de drăgălăşenia fetiţei.

— Şi e bolnăvior, de asta eşti supărată?

— Da, scumpo, spuse Rose, reţinându-şi un suspin.

— Doamne-Doamne îl va face bine, ai să vezi, spuse Lilly sigură pe ea, privind spre cer, ca şi cum cineva i-ar fi confirmat acel lucru.

— Mulţumesc, scumpo, eşti o dulceaţă, îi spuse Rose, muşcându-şi uşor obrazul pentru a-şi stăpâni emoţia.

Rose observă cu coada ochiului că Michael ar fi vrut să spună ceva, dar se abţinu, probabil fiindcă era şi Nick prezent, iar Nick zâmbise în felul acela adorabil, auzind vorbele fiicei sale, cauzându-i astfel femeii de lângă el o nouă strângere de inimă.

— Am ajuns, anunţă Nick, oprind maşina. Copii, nu uitaţi: sunteţi cuminţi şi nu vă îndepărtaţi prea mult de noi.

— Da, tati, rostiră amândoi copiii în cor, după care ieşiră din maşină şi aşteptară să coboare şi adulţii.

— Vino, Rose, e timpul să ne relaxăm puţin, avem nevoie de asta.

Nick o cuprinse pe Rose de talie.

— E-n regulă să te ţin aşa? o întrebă,când o simţi tresărind uşor.

— Da, dar...

— Niciun dar, nu te mai gândi la nimic. Eşti

aici să te relaxezi, nu să-ţi faci griji din cauza pă-rerii altora, îi zise Nick, ghicindu-i gândurile.

Rose nu avu altă soluţie decât să se lase în voia lui. Merseră în urma celor mici, admirând produsele expuse pe tarabe.

Muzica se auzea peste tot, iar străzile des-tinate evenimentului gemeau de oameni care voiau să se distreze. Locul era colorat şi plin de copii care se plimbau cu diverse maşinării aduse special pentru ei.

La insistenţele lui Michael, Nick îi cumpă-ră o puşcă, cu condiţia să nu o folosească decât atunci când ajunge acasă. Lilly îşi dori o păpu-şă şi o primi, zâmbind fericită când o strânse la piept.

După ce mâncară din preparatele culinare expuse, Rose insistă să plătească vata pe băţ, dar Nick refuză categoric. Oricum, numai fete-le au vrut acel desert delicios, colorat în nuanţe diverse.

Câteva minute mai târziu, în timp ce micuţii se dădeau pe o roată mare, Rose şi Nick serveau câte o limonadă gustoasă, de fructe.

— E atâta veselie în jur... e şi vreme frumoa-să, asta e bine... spuse Rose, dându-şi o şuviţă rebelă de păr după ureche.

— Da, e bine să ne mai şi bucurăm de ceea ce e frumos în jurul nostru, nu crezi? o întrebă el, privind-o în felul acela care o făcea să-şi piardă raţiunea.

— Ba da. Mergeai şi în anii trecuţi la astfel de sărbători locale?

— Da. În fiecare an, până când s-a îmbolnăvit Elaine. De la dispariţia ei, nu am mai fost, aşa că e un pas înainte şi pentru mine. Atât eu, cât şi cei mici aveam nevoie de asta. Şi tu. Se pare că tuturor ne prinde bine, spuse el zâmbind, deşi în ochi i se citea tristeţe.

— Cum ai cunoscut-o pe soţia ta? îl întrebă Rose, sperând că nu-l va supăra curiozitatea ei.

— Aveam cursuri comune, deşi studiam la facultăţi diferite. Ea voia să devină judecător, iar eu eram la academie pe atunci. Lucrurile au evoluat destul de repede şi în câţiva ani ne-am căsătorit. La scurt timp după aceea, am avut-o pe Lilly, iar Michael e tot fiul nostru, chiar dacă e adoptat. El nu ştie asta, dar cu siguranţă îi voi spune când va fi cazul. Am recurs la adopţie fiindcă Elaine se îmbolnăvise şi nu mai putea să rămână însărcinată. Alte întrebări? rosti el pe un ton oarecum ciudat.

El însuşi realiza că nu mai vorbise cu nimeni altcineva despre lucrurile acelea dureroase din trecutul său.

— Nu... cel puţin, nu acum, răspunse Rose, surprinsă de lucrurile pe care la aflase despre el într-un timp atât de scurt. N-am vrut să te supăr cu întrebările mele, dar curiozitatea mi-a ia înainte uneori...

— Nu-i nimic, sunt lucruri pe care oricum le-ai fi aflat, mai devreme sau mai târziu, îi zise el, concentrându-se asupra băuturii răcoritoare pe care o avea în pahar.

— Şi... bănuiesc că Nicole a fost mereu aproape de cei mici de când... de atunci... stărui Rose, gândindu-se că n-ar fi rău dacă s-ar putea abţine să-l întrebe atâtea lucruri deodată.

— Aşa e. Nicole a fost un adevărat sprijin pentru noi şi o apreciez pentru dăruirea ei.

De data asta, Nick o fixă pe Rose cu privirea.

— Are copii?

— Nu, nici nu e căsătorită. Îmi spunea mai demult că moartea surorii ei a făcut-o să nu-şi dorească o familie, cel puţin nu atunci, îi răspunse el, observând felul în care soarele se reflecta în părul ei de culoarea ciocolatei.

— Mă strigă Lilly, trebuie să merg la ea, îi spuse Rose, observând felul în care o privea.

— Bine, dar azi nu eşti neapărat bona, ci prietena ei, îi spuse el, zâmbind.

— În fiecare zi sunt prietena ei, Nick, îi întoarse ea zâmbetul, după care merse la Lilly, care o aştepta, încântată de noua păpuşă primită de la tatăl său.

Timp de câteva secunde, Nick o privi surprins, după care îşi concentră atenţia asupra lui Michael, care se dădea în continuare pe roata aceea mare.

— Rose, vino! Uite, aici se fac poze, vrei să faci o poză cu mine? o întrebă Lilly pe Rose.

— Sigur că da, scumpo. Haide, acceptă Rose şi o luă de mână.

Merseră în spatele unui panou pe care erau desenate diverse personaje şi se lăsară fotografiate, amuzându-se după aceea în timp ce se uitau la poze.

Mai târziu, Nick făcuse acelaşi lucru cu fiica lui, în timp ce Rose se urcă în roată, alături de Michael, deşi îi era teamă de astfel de lucruri. Nick şi Lilly îi priveau de jos, încurajându-i, iar Rose se aşeză lângă Michael, deşi el o privi încruntat.

În scurt timp roata, începu să se învârtă, la început mai încet, apoi tot mai rapid. Rose se ţinea bine de bara de protecţie, sperând să nu i se facă rău. Făcea asta de dragul băiatului, ca să se apropie mai mult de el, şi se ruga să nu rateze ocazia din cauza organismului ei, neobişnuit cu activităţi extreme. Rose rezista destul de bine, având în vedere că încerca senzaţii noi, la aproximativ cinci metri înălţime, ceea ce oricum i se părea enorm, în timp ce Michael era de-a dreptul încântat de o experienţă comună şi plăcută pentru el.

Roata se învârti câteva ture, dar, la un moment dat, se opri exact la înălţimea maximă.

Toată lumea se amuză în primele clipe, gândindu-se că cel care se ocupa de roată voia să facă o glumă. Curând însă panica puse stăpânire pe toţi cei care se aflau acolo, auzindu-se chiar şi ţipete în jurul lor.

— Ce se întâmplă, de ce s-a oprit? îl întrebă Rose pe Michael, simţind cum teama i se infiltrează în fiecare celulă a corpului.

— Poate e o glumă, poate s-a stricat ceva. Am mai păţit o dată aşa, mai demult, dar au reparat repede roata şi am coborât destul de repede, îi zise Michael, amuzat de reacţiile celor din jur.

— Aha... şi cât de repede s-a reparat atunci defecţiunea? îl întrebă ea, realizând că rareori în viaţă mai fusese atât de speriată.

Încerca să se controleze de dragul băiatului, dar îi venea tot mai greu. Era pentru prima şi ultima dată când făcea ceva atât de nebunesc.

— A, nu a durat decât zece minute atunci, zise Michael, zâmbind în continuare.

— Zece minute?! repetă Rose, încercând să-şi ascundă disperarea din voce.

Tremura din toate încheieturile. Se strădui să se calmeze, fiindcă altfel ştia că putea face un atac de panică şi nu-şi dorea asta. Încerca să nu privească în jos, altfel senzaţia de prăbuşire ar fi ameţit-o.

În isteria generală, cineva anunţă că s-a produs o defecţiune la mecanismul de pornire al roții, dar că se lucra la remedierea acesteia.

— Ce se întâmplă, de ce s-a oprit roata? îl întrebă Nick pe cel răspunzător de echipamente.

Lilly îl prinse de mână pe tatăl său și privea cu teamă în jur. Veniră și alte persoane să-l întrebe același lucru pe bărbatul acela, care se simțea copleșit de situație.

— E o defecțiune, dar se va repara. Se mai întâmplă și astfel de situații, le spuse acesta, după care începu să lucreze.

— Să reparați cât mai repede chestia asta. Fiul meu, dar și alte persoane sunt acolo, sus, spuse Nick, simțind că începe să-și piardă răbdarea.

Pe de o parte, se simțea ușurat fiindcă Michael nu era singur acolo, pe de alta, voia să-l vadă coborât și să-l strângă în brațe. Sună la ambulanță, pentru orice eventualitate, iar aceasta venise în câteva minute. O sună apoi și pe Rose, dar când ea nu-i răspunse, simți că panica pune stăpânire pe el. Nu suporta să știe că sunt atâția oameni în pericol, iar el e neputincios.

— Tati, de ce țipă toată lumea acolo, sus? Nu le place? Doar ei au vrut să se dea, întrebă micuța Lilly.

— Scumpo, adevărul e că... acum nu le mai place acolo sus, fiindcă s-a stricat jucăria asta mare, dar se va repara repede, iar Michael, Rose și ceilalți vor coborî cu bine, îi explică Nick, lăsându-se la nivelul ei. Încerca să o liniştească, văzând teama din ochii ei.

— Tati... crezi că le e frică? Cred că mie mi-ar fi...

— Cred că toţi sunt foarte curajoşi, chiar dacă le e teamă, fiindcă ştiu că în curând vor fi în siguranţă, aşa că nu-ţi face griji, bine, micuţo? îi zise Nick, îmbrăţişând-o şi realizând din nou cât era de importantă pentru el, ca Michael, de altfel.

— Ce putem să facem ca să-i ajutăm? îl întrebă Lilly, când acesta o desprinse cu greu de el.

— Nimic altceva, decât să aşteptăm, scumpo, şi fiindcă ştiu că tu te pricepi la lucrurile astea, te sfătuiesc să te rogi ca totul să se termine cu bine, îi zise Nick, privind-o cu drag.

Era una dintre fiinţele pe care le iubea cel mai mult şi ştia că şi ea îl iubeşte. Asta îi umplea inima de bucurie, mai ales că doar pe el îl mai aveau şi era responsabilitatea lui să aibă grijă de ei. Sentimentul de vinovăţie că nu făcuse mai mult pentru Elaine îl cuprinse din nou. Se uită plin de iubire la fetiţa care se ruga în şoaptă.

Timp de zece minute, Rose şi Michael nu vorbiră aproape deloc. Ea îl întreba din când în când dacă e bine, văzând că nici lui nu-i mai venea să râdă de situaţie.

— Vreau acasă, spuse Michael, încruntat, încercând să-şi ascundă teama.

Aşteptau deja de jumătate de oră să se repare defecţiunea.

— Sunt sigură că vom scăpa de aici mai repede decât ne aşteptăm, spuse Rose, luându-l de mână.

Spre bucuria ei, băiatul nu o respinse.

— Dar a trecut deja jumătate de oră, zise el, uitându-se la ceas. Dacă nu se mai poate repara chestia asta şi rămânem aici? întrebă, înainte să-şi poată opri cuvintele.

Nu voia ca Rose să vadă că-i e frică, aşa cum nu voia să fie luat drept un fricos de nimeni. La cei zece ani ai săi, se considera un băiat foarte curajos şi nu ar fi suportat să fie considerat altfel.

— Totul va fi bine, drag...

Rose nu rosti cuvântul până la capăt. Michael ar fi fost nemulţumit de alintul ei, aşa că preferă să nu-i dea impresia că vede cum tremură uşor. Se mulţumi să-i strângă uşor mâna, deşi ar fi vrut să-l îmbrăţişeze.

Un zgomot puternic o trezi din gânduri. În sfârşit, roata se puse din nou în mişcare. Răsuflă uşurată, la fel ca toţi ceilalţi, în timp ce Michael se uita speriat în jur, nerealizând pe moment că urma să coboare în siguranţă. La un moment dat, chiar înainte ca roata să se oprească, Michael îi spuse în şoaptă, privind-o cu recunoştinţă:

— Mulţumesc, Rose...

Rose crezu că nu-şi va putea opri lacrimile, dar Michael o surprinse şi mai mult în clipa în care o îmbrăţişă, chiar dacă doar pentru câteva secunde, revenind apoi la locul lui pe scaun.

Nick văzu scena şi, ştiind cât de mult însemna gestul acela pentru Rose, inspiră adânc, simţind un sentiment de bucurie. Amândoi erau în siguranţă.

Odată coborâţi, fiecare fu îmbrăţişat de către cei apropiaţi, iar Michael şi Rose avură parte de acelaşi tratament. Pe rând, fură luaţi în braţe de către Lilly şi Nick. După ce-şi strânse fiul în braţe, Nick făcuse acelaşi lucru şi cu Rose.

— Nick... Michael e bine, ai văzut? îl întrebă ea, bucuroasă că simte din nou pământul sub picioare.

— Am văzut, dar tu cum eşti? Mi se pare mie sau nu mai ai culoare în obraji? o întrebă, în timp ce micuţii se îmbrăţişau cu drag, făcând ca cei doi adulţi să-i privească emoţionaţi.

— Sunt bine, cred... ştiu sigur că nu mă mai urc într-o chestia ca aia niciodată... îi spuse Rose hotărâtă, în timp ce Nick îi mângâia uşor spatele, inspirând aroma de miere a părului ei.

— Hai să stai jos puţin, îţi va face bine. O conduse la o bancă din apropiere. Vin imediat, adăugă Nick, după care îi rugă pe cei mici să stea lângă ea cât merge el după apă pentru Rose şi Michael.

— Rose, ce bine că ai venit din nou aici, pe

pământ. Mi-a fost frică să nu mergi în cer, ca mami, îi zise Lilly, îmbrăţişând-o strâns.

— Nu puteam să fac asta, scumpo. Nu puteam să te las singură, îi zise Rose din adâncul inimii, înduioşată de reacţia ei.

Michael stătea pe bancă, lângă ele, privindu-le curios. Îşi dădea seama cât de mult ajunsese sora lui să o îndrăgească pe Rose şi nu ştia cum să reacţioneze. În mod normal, ar fi trebuit s-o certe atunci când erau doar ei doi, fiindcă nu aveau voie să le placă Rose, dar în acel moment se simţea prea copleşit ca să mai reacţioneze aşa cum ar fi trebuit.

Rose înălţă capul şi îl văzu pe Nick venind cu apa pentru ei doi. Când îi întinse sticla, degetele lor se atinseră, iar Rose simţi un nod în stomac. Nick zâmbi la privirea ei inocentă, după care se aşeză lângă ea pe bancă. Îl luă în braţe pe Michael, în ciuda protestelor acestuia, în timp ce Lilly stătea încântată în braţele lui Rose.

După câteva minute, Nick rupse tăcerea:

— Haideţi să mergem acasă, le propuse el, obosit.

— Bună idee, aprobă Rose, simţind că-şi revine încet, încet din sperietură.

Se ridicat apoi cu toţii de pe bancă, mergând la maşină. În scurt timp, ajunseră acasă la Rose. Cei doi adulţi observară că micuţii dormeau îmbrăţişaţi. Acest lucru le aduse pe chip zâmbetul pe care îl păstrară şi când li se întâlniră privirile.

— Eşti sigur că nu vrei să te ajut cu cei mici? îl întrebă Rose pe Nick în faţa casei.

— Mă descurc, stai liniştită. Trebuie să te odihneşti, ai trecut prin multe în ultima vreme. Să ai grijă de tine, îi spuse Nick, apropiindu-se uşor de ea.

— Bine, mulţumesc. Noapte bună, Nick. Ne vedem mâine.

— Noapte bună, Rose. În ciuda a ceea ce s-a întâmplat, mă bucur că am petrecut ziua asta împreună, îi zise el zâmbitor, luând-o de mână.

— Şi eu... îi răspunse ea, surprinsă de gestul lui.

— Ne vedem mâine.

Nick o sărută pe obraz şi zâmbi când o văzu că roşeşte. O lăsă tremurând din cu totul alte motive decât cele care îi stârniseră teama câteva minute mai devreme.

Rose intră în casă şi, după ce îi povesti pe scurt mamei sale incidentul din oraş, omiţând cu încăpăţânare partea cu sărutul pe obraz dat de Nick, speră că nu-şi va bate capul prea mult cu asta.

Merse apoi la duş, încercând să se destindă după o zi cu adevărat plină. Odată ajunsă în pat, îi sună telefonul. Vorbi puţin cu Miriam. Se culcă epuizată, dorindu-şi să adoarmă cât mai repede.

Nick îi culcă pe Lilly şi Michael, iar după ce

făcu un duş se întinse în pat, rememorând în-
tâmplările zilei. Adormi cu greu, gândindu-se la
anumite lucruri care deveneau tot mai intense
atunci când venea vorba de Rose, în ciuda a tot
ceea ce îi dicta conştiinţa.

Capitolul 9

În dimineaţa următoare, când Rose ajunse
acasă la Nick, el era deja plecat. Mai târziu, după
ce îi dusese pe copii la şcoală, merse la spital, să
se intereseze de starea lui Tony. Acolo o văzu pe
Miriam. Merse la ea şi o îmbrăţişă.

— Bună, draga mea, cum eşti?

— Aşa şi aşa... spuse Miriam, fericită să o re-
vadă.

— Cum se simte Tony?

— Nu sunt schimbări, dar cel puţin e sta-
bil. Sper să deschidă ochii ăia verzi şi frumoşi
cât mai repede, am să-i spun vreo două... zise
Miriam, glumind.

— Te cred. Şi eu vreau acelaşi lucru. Nu pu-
tem decât să ne rugăm pentru el şi să sperăm
că se va ridica din patul ăla, spunându-ne că nu
ne va mai vizita o săptămână dacă ne vede feţe-
le astea triste... Şi mie mi-e dor de el şi de glu-
mele lui... de felul în care are grijă de noi. Hai

să mergem în salon, poate ne va simţi alături de el, spuse Rose optimistă, după care plecară spre salonul în care se afla prietenul lor.

Acolo, cele două prietene se aşezară de-o parte şi de alta a patului, privindu-şi prietenul cu drag şi îngrijorare.

— Ştii... îmi amintesc şi acum de ziua în care mi-a luat apărarea când a venit un beţiv şi mi-a confundat cafeneaua cu un bar... Am avut noroc că era acolo, la o cafea, înainte de a intra în tura de noapte. Pur şi simplu l-a luat pe beţivul acela şi l-a scos afară, într-un mod nu tocmai paşnic, spunându-i că nu vrea să-l mai vadă pe acolo.

— Mi-ai povestit. Şi eu am multe lucruri pentru care să-i fiu recunoscătoare, cel mai important fiind acela că m-a scos din mâinile lui Edgar....

— Aşa e. A fost mereu un prieten minunat, cum nu prea găseşti, aprobă Miriam, luându-l de mână. Ştii ce dificil îmi e să-l văd aşa?

— Ştiu, draga mea. Şi mie mi-e greu, numai că tu simţi ceva în plus pentru el şi pot doar să bănuiesc unele lucruri... Când se va trezi, îi voi face o prăjitură eu însămi, spuse Rose zâmbind.

Miriam zâmbi şi ea, ştiind că Rose nu era pasionată de gătit.

— Iar eu... nu pot să-i dăruiesc decât ceea ce are deja: sentimentele mele pentru el... zise ea, privindu-l cu dragoste şi mângâindu-i obrazul.

— Uite ce poate face un bărbat cu noi: ne ține așa, pe jar, și ne face să-i promitem marea cu sarea numai să se facă bine, glumi Rose, făcându-și prietena să râdă, lucru pe care nu-l mai făcuse de vreo două zile.

Cele două prietene fură surprinse astfel de Cedric, care deschise ușa salonului.

— Bună, fetelor, le spuse el zâmbindu-le, după care le sărută pe obraz. Rose, m-aș putea obișnui să te văd pe aici...

— Bună, Cedric, îi răspunseră fetele în același timp.

— Sper că nu-mi epuizați pacientul. Știți că, în mod normal, n-ar trebui să vă dau voie să fiți aici...

— Cedric, nu mai fi atât de serios, știi că pacientul nu te-ar ierta dacă l-ai lipsi de prezența noastră, îi spuse Rose pe un ton glumeț.

— Ai dreptate, ca de obicei. Acum, dați-vă puțin la o parte de lângă el. Atâta exces de drăgălășenie aproape că mă face să-mi doresc să fiu și eu puțin rănit, iar voi să mă vizitați, spuse Cedric reținându-și zâmbetul, în timp ce verifica starea lui Tony, dar și monitoarele.

— Cum se simte? vru să afle Rose. Miriam venise lângă ea.

— Nu vă voi minți. Starea lui e stabilă pentru moment, dar trebuie să vedem ce se va întâmpla în continuare. Există șanse să-și revină sau...

Cedric tăcu, văzând privirile îngrijorate ale celor două femei frumoase din faţa lui.

— Va fi bine, asta trebuie să credem în continuare, spuse Rose, mai mult pentru a-şi încuraja prietena, dar şi pe ea. Îmi pare rău, dar trebuie să plec, să-i iau pe copii de la şcoală. Nici nu mi-am dat seama cum a trecut timpul.

Rose îl sărută pe obraz pe Tony, o îmbrăţişă pe Miriam, după care ieşi din salon condusă de Cedric.

— Rose, aşteaptă puţin, o rugă Cedric privind-o într-un fel ciudat, sau cel puţin aşa i se păru ei.

— Ce s-a întâmplat?

— Ştii... Vreau să te întreb ceva încă de când lucram împreună la cabinet.

— Haide, spune-mi, ce e? îl îndemnă ea, privindu-şi ceasul pentru o clipă şi realizând că trebuia să fie pe drum deja.

— Ştiu că nu e momentul potrivit, dar crezi că ne-am putea vedea mai târziu?

— Adică? aşteptă ea explicaţia.

— Adică să bem o cafea împreună, să mai vorbim.

— Îmi propui să ies cu tine? îl întrebă ea, simţind un gust amar pentru ceea ce urma să-i spună.

— Da, Rose. Ce spui, vrei să ieşi cu mine?

— Cedric... nu pot. Nu vreau ca asta să afecteze respectul pe care îl simţim unul faţă de celălalt, dar... nu, îi spuse cu părere de rău pentru expresia tristă de pe chipul lui.

— Ai pe altcineva? întrebă el privind-o cu tristeţe.

— Nu, dar... În acel moment chipul lui Nick îi apăruse în minte, făcând ca inima ei să reacţioneze, bătând mai repede. Nu te pot vedea altfel decât ca pe un foarte bun coleg şi amic, Cedric, sper să înţelegi, îi spuse ea, atingându-i braţul.

— Am înţeles, spuse Cedric, aşteptându-se oarecum la răspunsul ei. Dacă te răzgândeşti, ştii unde să mă găseşti.

Îi mângâie uşor obrazul, apoi plecă grăbit.

Rose aproape că alergă spre ieşirea din spital, în dorinţa de a ajunge mai repede la maşină. În graba ei se izbise de bărbatul care intra.

— Scuze, spuse ea ridicând privirea şi simţind că i se opreşte respiraţia pentru câteva secunde.

— Unde te grăbeşti aşa? o întrebă Nick, luând-o în braţe ca să nu cadă.

— Să-i iau pe cei mici de la şcoală. Am fost la Tony, m-am întâlnit cu Miriam şi nu mi-am dat seama cum a trecut timpul. Îmi cer scuze, sper că nu te-am lovit, adaugă ea, sperând să nu sesizeze un eventual disconfort sau nemulţumire pe chipul său. Spre surpriza ei, Nick zâmbi amuzat.

— Stai liniştită, nu-i nimic. Cât despre cei

mici, te vor aştepta, nu vor pleca fără tine, le-am spus asta foarte clar încă de la început.

— Bine... Şi tu ce faci aici? Asta dacă nu cumva e un secret şi nu poţi să-mi spui.

— Am adus un pacient cu ambulanţa. E la urgenţe, iar eu trebuie să mă asigur că nu va veni cineva care să atenteze la viaţa lui, o lămuri Nick rapid.

— Am înţeles... dar tu eşti bine?

— Da. Ne vedem mai târziu, îi răspunse, cu un zâmbet în colţul gurii.

— Atunci e bine. Merg după cei mici în cazul ăsta, spuse Rose privindu-l încă o dată, apoi se îndepărtă, răsuflând uşurată.

Ajunse în scurt timp la maşină, după care plecă spre şcoală. Spre bucuria ei, ajunse destul de repede. Cei mici nu o aşteptau decât vreo cinci minute.

— Rose, ai venit! spuse Lilly alergând spre ea şi îmbrăţişând-o bucuroasă.

— Sigur că am venit, scumpo, îi spuse Rose.

Îl sărută pe Michael pe obraz. Spre mirarea ei, băiatul nu o respinse. Era un semn bun, dat fiind comportamentul său anterior. Nu o sărută înapoi, dar cel puţin nu se retrase din faţa ei.

— Abia aştept să ajungem acasă, mi-e foame, zise fetiţa în stilul ei adorabil.

— Şi eu vreau acelaşi lucru, spuse Rose, zâmbitoare. Cum a fost azi la şcoală? îi întrebă curioasă, ca să-i determine să vorbească cu ea.

— Bine, răspunse Lilly. Am o prietenă şi o cheamă Anne.

— Minunat, zise Rose, privindu-i prin oglinda maşinii. Şi la tine, Michael?

— A fost bine, spuse el, fără alte comentarii.

Rose opri în faţa casei lui Nick, apoi îi ajută pe cei mici să coboare. Merse cu ei în casă. Cât copiii se schimbară în alte haine, ea pregăti mâncarea pentru toţi trei. După ce mâncară, cei mici o ajutară să strângă masa. Se aşezară la masa din sufragerie, pentru a-şi face temele. Rose o ajută pe Lilly, fiindcă Michael o refuzase, spunându-i că se descurcă singur.

În timp ce Rose o ajuta pe Lilly să deseneze ceva pentru şcoală, uşa se deschise şi Nicole apăru în sufragerie.

— Mătuşă Nicole! exclamă Michael, fugind la ea.

O îmbrăţişă, iar ea făcu acelaşi lucru, privind-o pe Rose cu ostilitate.

— Bună, dragul meu. Mi-a fost dor de tine, de voi, spuse Nicole, uitându-se la Lilly, care veni şi ea în întâmpinarea mătuşii sale.

— Bună, mătuşă Nicole, îi spuse Lilly, îmbrăţişând-o.

— Bună, Rose, salută Nicole, mai mult fiindcă erau prezenţi cei mici.

— Bună, domnişoară Andrews, îi răspunse

Rose. Nu putea să nu simtă o uşoară tristeţe văzând cum reacţionase Michael la vederea mătuşii sale, când pe ea aproape că o ignora.

— Am vrut să vă fac o surpriză, dragii mei. Nu ne-am mai văzut de câteva zile şi mi-a fost dor de voi. Nu-i aşa că şi vouă v-a fost dor de mine?

— Ba da, spuse Michael, zâmbind. Fericirea i se citea pe chip.

Rose simţi nevoia să meargă în bucătărie, să bea un pahar cu apă.

— Haideţi în cameră, să vedeţi ce v-am adus, le spuse Nicole celor mici, după care plecă din sufragerie însoţită de ei.

Rose îşi luă o carte şi începu să citească, aşezându-se pe canapeaua destul de mare. După aproximativ jumătate de oră, Nicole coborî scara care ducea la etaj.

— Eu trebuie să plec, mă grăbesc. Să-i spui lui Nick că l-am căutat. Pa! rosti Nicole cu un aer superior şi triumfător.

— Am să-i spun. La revedere, doamnă Andrews, o salută Rose pe un ton politicos.

Urcă să vadă ce fac micuţii. Deschise încet uşa camerei fetiţei şi o găsi dormind. Închise la fel de încet uşa şi merse să vadă ce face Michael. Imaginea băiatului care dormea liniştit în patul său o înduioşă, astfel că se întoarse în sufragerie, continuându-şi lectura. Mai târziu, vorbi la telefon cu mama sa, apoi adormi pe canapea.

La un moment dat, deschise ochii şi-l văzu pe Nick aşezat pe scaun în faţa ei.

— Bună, Rose, te-a luat somnul citind? o întrebă el amuzat.

— Se pare că da, spuse ea, ridicându-se brusc. Cei mici dorm, sau cel puţin dormeau mai înainte, când am fost să verific. Îşi prinse părul în coadă, mai mult pentru a avea o ocupaţie.

— Am văzut, am fost la ei.

— Şi tu... ai venit mai repede sau s-a întâmplat ceva?.

— Am fost înlocuit de un coleg, aşa am reuşit să ajung mai repede. Se pare că e aproape ora cinei. Te grăbeşti acasă sau ai vrea să rămâi să mănânci cu noi? o întrebă Nick în timp ce se ridică de pe scaun, dându-şi jos geaca de pe el.

— Eu... bine...

Vru să-l refuze, dar se lăsă pradă impulsivităţii de care dădea dovadă uneori şi acceptă invitaţia.

— Bine. Merg să fac un duş şi revin.

Nick îşi luă geaca în mână şi urcă în camera lui.

Rose pregăti masa, sperând că-şi va putea stăpâni reacţiile pe care le avea mereu în preajma lui. După câteva minute, Nick coborî în bucătărie şi se aşeză pe un scaun.

— Cum ţi-a fost azi cu cei mici? Poţi să-mi

spui înainte de a veni ei. I-am trezit mai devreme, deși îmi era milă de ei, spuse el, trecându-și mâna prin păr, după care își turnă apă într-un pahar și bău cu sete.

— A fost bine. Apropo, Nicole a trecut pe-aici și mi-a zis să-ți spun că te-a căutat, îi spuse Rose, așezându-se în capătul opus al mesei.

— Bine, spuse el, cu un aer aparent nepăsător. Tony cum se simte?

— La fel... zise Rose, coborând privirea, pentru a-și ascunde tristețea.

— Va fi bine, ai să vezi... Cum s-a purtat Michael azi?

— A fost cooperant, cel puțin nu m-a dat la o parte când l-am pupat pe obraz, spuse ea privindu-l în ochi de data asta.

— Dă-i puțin timp, se va obișnui cu tine, sunt sigur. E un copil bun, doar că e mai închis în el.

Zgomotul pașilor celor mici o readuse pe Rose la realitate.

— Poftă bună, le spuse Rose, privindu-i cu drag cum încep să mănânce.

— Poftă bună, au zis și micuții.

— Poftă bună, rosti și Nick.

În timpul mesei râseră și povestiră cu toții. După aceea, o ajutară pe Rose să strângă totul.

— Rose, pleci acasă acum, nu mai stai cu noi? o întrebă Lilly, văzând că-și ia geanta și haina și se pregătește de plecare.

— Da, scumpo, dar ne vedem mâine, îi zise ea, îmbrăţişând-o. Noapte bună! le ură Rose tuturor.

— Noapte bună! îi spuse Michael, după care veni lângă sora lui.

— Copii, mergeţi în casă, eu mă întorc imediat, o conduc pe Rose, spuse Nick privindu-i cu drag. Michael, să încui uşa şi să mergeţi la culcare. Bine?

— Bine, tată, spuse Michael, luându-şi sora de mână şi intrând în casă.

Rose vruse să urce în maşină, dar aceasta nici nu se deschise, spre iritarea ei.

— S-a întâmplat ceva? întrebă Nick, încrucişându-şi braţele.

— Nu se deschide portiera, îi spuse Rose, încercând din nou s-o deschidă.

— Poate are vreo defecţiune. Nu-ţi face griji, te duc eu acasă, se oferi el, privind-o în felul acela care îi inspira atâta siguranţă, dar şi altceva...

— Nu e nevoie, pot să iau un taxi, îi spuse Rose privindu-l cum vine spre ea.

— Ba da, e nevoie, Rose. E târziu şi nu cred că mai circulă vreun taxi la ora asta. Hai, urcă, îi făcuse el semn spre maşina lui.

Rose nu mai spuse nimic, ci doar îl urmă la maşină, simţindu-se epuizată.

— Încă te gândeşti la maşină? Nu-ţi face griji, mâine voi chema pe cineva s-o verifice, o asigură el, privind-o discret în timp ce conducea.

— Mulţumesc, Nick. Nu ştiu ce s-a întâmplat, nu am mai păţit aşa ceva.

Nick porni radioul, la care se auzea o melodie lentă, relaxantă. Era una din melodiile care îi plăceau lui Rose, iar asta o făcuse să se simtă mai bine. Doar faptul că se afla în compania lui îi stârnea o oarecare agitaţie, dar încerca s-o ascundă.

— Ţi-e somn? o întrebă el în timp ce depăşea o maşină care mergea prea încet.

— Puţin, recunoscu ea. A fost o zi plină.

— Şi eu sunt obosit, presimt că voi dormi neîntrerupt până dimineaţă.

Rose roşi uşor numai gândindu-se la el dormind în patul lui. În mod sigur arăta la fel de bine şi când dormea, nu numai treaz. Privi străzile luminate doar de becurile stâlpilor şi observă că se apropiau de casa ei.

— Ei bine, am ajuns, domnişoară doctor, anunţă Nick, oprind motorul şi trăgând frâna de mână.

Coborî din maşină pentru a-i deschide uşa, gest care stârni zâmbetul lui Rose.

— Eşti un bărbat interesant, domnule poliţist. Nu se mai practică asta, îi zise ea, răspunzându-i pe acelaşi ton glumeţ.

— Asta înseamnă că nu prea sunt bărbaţi interesanţi aici, în Midland? o întrebă el, surâzând.

— Nu prea... răspunse Rose surprinsă de turnura pe care o luase discuţia.

— Ei, bine, nici în Salt Lake City nu am întâlnit doctoriţe atât de ... interesante ca tine, domnişoară doctor, îi zise Nick punându-i mâna în jurul taliei, în timp ce o conduse până în faţa casei.

— Mulţumesc că m-ai adus acasă, Nick, îi spuse Rose, privindu-l cu drag, pentru ca mai apoi să privească spre cer, acolo unde stelele străluceau scânteietor, iar luna era plină, ca o minge strălucitoare.

— Cu plăcere, Rose, oricând. Ştii ce mi s-ar părea interesant acum? o întrebă, apropiindu-se uşor de ea.

Surprinsă, Rose făcu un semn din cap că nu ştie.

— Asta, spuse Nick aducând-o spre el şi punând stăpânire pe buzele ei, pe care le găsi dulci şi ademenitoare, făcându-l să-şi dorească să-i simtă gustul tot mai mult. O cuprinse în braţele lui puternice, îmbătându-se cu dulceaţa buzelor ei, până când simţi că rămâne fără aer.

— Noapte bună, Rose, îi spuse, după care plecă grăbit la maşină, nelăsându-i timp să reacţioneze. Demară, lăsând-o pe Rose privind uimită în urma lui.

O, Doamne! atât reuşi Rose să-şi spună, după care încercă să-şi oprească tremuratul corpului.

Intră în casă. Cum la ora aceea Allison dormea, merse în camera ei şi, după un duş rapid, se întinse în pat, gândindu-se la ceea ce tocmai i se întâmplase.

Capitolul 10

În dimineaţa următoare, Rose plecă acasă la Nick pentru a-i duce pe cei mici la şcoală. Spre uşurarea ei, el plecase deja la secţie. Luă maşina lui, întrucât a ei urma să fie reparată.

La spital, Miriam venise să-l viziteze pe Tony, ca de obicei în ultimele două zile. Făcu câţiva paşi spre patul lui. Inima îi bătea cu putere. Faptul că zăcea acolo îi frângea inima. Închise ochii, îl sărută pe obraz, dar când se depărtă puţin, se simţi luată uşor de mână.

Miriam deschise ochii uimită.

— Tony, te-ai trezit! exclamă emoţionată, privindu-i ochii verzi, frumoşi şi scânteietori.

— Unde... sunt? o întrebă el, uşor ameţit, încercând să se mişte.

— Nu te mişca, stai liniştit, totul va fi bine, Tony, îi zise Miriam, ştergându-şi lacrima pe care nu reuşise să o reţină. Eşti la spital, ai fost rănit în timpul unui incendiu, dar acum eşti bine... Merg să chem doctorul, adăugă, mângâi-

113

ndu-i uşor mâna, după care plecă.

Câteva minute mai târziu, Miriam apăru împreună cu Cedric.

— Bună, Tony. Mă bucur că ai revenit printre noi, salută Cedric şi începu să-l examineze.

— Mersi. Sunt bine? se interesă Tony, strâmbându-se uşor din cauza durerilor.

— În mare parte, da. Mai ai nişte vânătăi şi în mod sigur ai dureri, dar te vei reface curând, îl linişti Cedric, văzându-i îngrijorarea. Ei bine, e suficient deocamdată. Vă las singuri.

— Aşteaptă. Când pot să plec de aici? îl întrebă Tony, preocupat.

— Te mai ţin sub observaţie câteva zile şi, dacă totul merge bine, te voi externa cât de curând. Important e să-ţi revii, spuse Cedric, după care îi lăsă singuri.

— Mă bucur că eşti bine, îi zise Miriam, aşezându-se pe scaun lângă el.

— Şi eu. Abia aştept să merg acasă. O luă de mână. Ştiu că nu e momentul potrivit, dar am lăsat o discuţie neterminată...

— Aşa e, şi o vom termina când va fi cazul. Acum cel mai important e să te recuperezi. După aceea, vom avea timp pentru toate... îi zise Miriam, mângâindu-i mâna. Mi-am făcut griji pentru tine... şi Rose la fel, adăugă ea, când îi văzu sclipirea din ochi. Îi venea să-l sărute, dar se abţinu, gândindu-se că nu e momentul încă.

— Mă bucur că ești aici, Miriam, îi spuse Tony, mângâindu-i obrazul, gest care o făcu să închidă ochii, bucurându-se de atingerea lui.

— Și tu ai fi făcut la fel pentru mine...

— Nici în glumă să nu mai spui asta... dar așa e... aprobă el serios.

— Când vei merge acasă, vreau să mă lași să am grijă de tine, Tony. Vorbesc serios, îi spuse Miriam, privindu-l dulce.

— Nu am nevoie... se încruntă el.

— Să nu îndrăznești să mă dai la o parte. Nu te las să mă expediezi. Nu ai idee... spuse ea ștergându-și lacrimile. N-ai idee de cât am fost de îngrijorată pentru tine. În plus, e o modalitate prin care pot să te răsplătesc pentru faptul că m-ai ajutat mereu și ai fost lângă mine când am avut nevoie... Vreau să fac asta și n-ai cum să mă împiedici... În afară de cazul în care preferi să te îngrijească Becky... adăugă ea, întorcând capul, pentru ca el să nu-i vadă tristețea.

— În cazul ăsta... nu am cum să te refuz. Și fă-mi o favoare: n-o mai pomeni pe Becky, nu-și are locul aici... îi spuse el, declarându-se învins.

— În cazul ăsta... ne-am înțeles. Am de gând să te chinui cu prezența mea până când te faci bine, vorbi Miriam pe un ton fals amenințător.

— Doar până mă fac bine?.

— Nu-ți forța norocul, dragă Tony, zise Miriam, îndreptând spre el degetul arătător cu o indignare voită şi stârnindu-i zâmbetul. Am s-o sun pe Rose acum, sunt sigură că şi ea abia aşteaptă să te vadă.

Se ridică de pe scaun înainte ca el să-i mai spună ceva. Tony vru s-o studieze atent, însă adormi.

Mai târziu, când Rose plecase de la şcoală, îi sună telefonul.

— Da, Miriam?

— Rose! E Tony! A deschis ochii. Vino repede aici!

Rose simţi fericirea din vocea prietenei sale, fericire care o cuprinse şi pe ea.

— Vin acum!

Închise telefonul şi luă un taxi până la spital. Inima îi bătea repede, ca şi cum ar fi participat la un maraton. Tot drumul se gândi la Tony, dar şi la Nick, amintindu-şi cum o făcuse să se simtă atunci când o sărutase.

Odată ajunsă la spital, Rose se grăbi spre salonul lui Tony, când simţi o mână strângând-o uşor de braţ.

— Hei, Rose, unde te grăbeşti aşa?

Se opri şi întoarse capul, zâmbind. Ochii îi sclipeau când îi răspunse lui Cedric.

— De parcă n-ai şti... Merg să-l văd pe Tony. Miriam m-a sunat şi mi-a spus că a deschis ochii.

— De-asta îţi strălucesc ochii aşa... Hai să mergem, atunci.

— Când s-a trezit? îl întrebă. Era atât de nerăbdătoare să-şi vadă prietenul, încât ar fi fost în stare să alerge până la salonul lui.

— Acum două ore. Am sunat-o întâi pe Miriam, fiindcă ştiam că eşti ocupată, iar când am vrut să te sun pe tine... erai deja aici. Miriam mi-a luat-o înainte, îi zise el zâmbitor.

Îi plăcea să vadă scânteia aceea de fericire din ochii ei, îi lipsise în ultimul timp.

— A spus ceva?

— Nu-ţi mai spun nimic, te vei convinge şi singură!

Cedric deschise uşa salonului, lăsând-o pe Rose să intre prima.

— Surpriză! exclamă el.

— Tony! se entuziasmă Rose.

În câteva secunde ajunse lângă patul lui, îmbrăţişându-l. Tony zâmbi şi se lăsă îmbrăţişat. Rose o îmbrăţişă pe Miriam, care era toată un zâmbet.

— Cum te simţi? îl întrebă Rose pe Tony, luându-l de mână.

— Se poate şi mai bine... răspunse el, scoţând o grimasă din cauza durerii pe care o simţea la cap şi la umăr.

— Se pare că totul e în ordine şi acum, la fel ca dimineaţă. Cât despre dureri, îţi vor trece în câteva zile, spuse Cedric, evaluându-l. Ai ţinut pe jar două femei frumoase, era şi timpul să te trezeşti, adăugă, zâmbind.

— Câtă vreme... am fost aşa? întrebă Tony, încercând să pară relaxat şi să nu-şi atingă umărul stâng, mai mult de dragul fetelor.

— Vreo două zile, îi răspunse medicul.

— Ne-am făcut atâtea griji pentru tine... Dar e bine că ai deschis ochii şi că vorbeşti... spuse Rose, ciufulindu-i părul, încercând să-şi reţină lacrimile.

— Nu... scăpaţi aşa repede de mine... zise Tony, mângâindu-i mâna.

— Nici nu vrem, vorbi în sfârşit Miriam, care se apropiase la rândul ei de Tony şi îl ţinea de mâna cealaltă.

— Trebuie să recunosc că te invidiez puţin, îi zise Cedric lui Tony. Fetelor, e timpul să-mi lăsaţi pacientul să se odihnească. Puteţi reveni mâine, adăugă, apoi ieşi din salon, pentru ca ele să-şi ia rămas-bun.

— Eu mă grăbesc, aşa că... pa, Tony şi să te faci bine. Altfel vei avea de-a face cu noi, îi zise Rose încercând să pară serioasă.

— Aşa voi face. Nu vreau să păţesc ceva....

Rose izbucni în râs. O îmbrăţişă pe Miriam, pe urmă se retrase, mai mult ca să-i lase singuri pe cei doi.

— Se pare că am rămas singuri, din nou... rosti Tony.

— Se pare că trebuie să te odihneşti. Eu am

plecat, îi zise Miriam.

Îl sărută repede pe obraz, după care ieşi din salon. Pe hol o aştepta Rose, care o privea cu subînţeles.

— Cum eşti, mai bine? Ai văzut că şi-a revenit? Tony nu se bătut atât de uşor, doar îl ştii.

— Mă simt... fericită. În sfârşit, pot respira uşurată, iar dacă nu mi-ar face diverse aluzii, aş fi mai liniştită.

— De când e iubirea liniştită? o întrebă Rose, înghiontind-o.

— Şi tu? Doar starea lui Tony ţi-a adus zâmbetul ăsta larg sau mai e ceva? o întrebă Miriam, cunoscând-o atât de bine.

Rose vru să-i răspundă, dar îi sună telefonul.

— Mă sună Nick, trebuie să răspund. Vorbim imediat, îi zise ea prietenei sale, întorcându-se cu spatele, pentru a-şi ascunde emoţiile.

— Mă sună Nick... o imită Miriam, după care rămase pe loc, aşteptând ca Rose să termine convorbirea.

— Alo?

— Bună, Rose. Te-am sunat să-ţi spun că nu e nevoie să-i iei pe cei mici de la şcoală. Merg eu după ei. Azi vin acasă mai repede.

— Bine, cum spui tu. Eu sunt la spital, tocmai plecam.

— Cum se simte prietenul tău, şi-a revenit?

— Da, a deschis ochii, vorbeşte... Mai trebuie

să stea câteva zile aici, dar sperăm să fie externat cât mai repede.

— Asta e foarte bine, mă bucur. Ascultă, Rose...

— Da?

— Să ai o zi frumoasă şi să ai grijă de tine... ne vedem mai târziu? îi spuse Nick, cu o voce care o făcuse să-i bată inima mai repede.

— Mulţumesc, la fel, dar... dacă eşti tu acasă cu ei, de ce ar trebui să...

— La ce oră să vin după tine? o întrerupse el, pe un ton care nu admitea contraziceri.

— La... ora 17:00. Acum merg la Miriam, la cafenea, îi spuse ea, tot mai surprinsă, ridicând din sprânceană.

— Ne vedem la ora 17:00, atunci. Pa, Rose, îi spuse el cu o voce care ei i se păru atât de senzuală, încât se gândi cum s-ar fi simţit dacă l-ar fi avut atunci în faţa ochilor.

— Pa, Nick.

— Rose! Rose! o strigă Miriam.

— Da? spuse Rose, deschizând ochii.

— Aveai ochii închişi. Ce ţi-a putut spune Nick, de te-a adus în starea asta?

— Hai să mergem, ţi s-a părut...

Rose se îmbujorase uşor.

— Hai să mergem, aflu eu ce s-a întâmplat la o cafea.

Câteva minute mai târziu, cele două prietene ajunseră la cafenea. Miriam o invită pe Rose să intre, iar ea o urmă cu un zâmbet larg. Făcu o cafea pe care o băură la masa frumos decorată cu flori colorate. Luna, vedeta cafenelei, veni repede și se făcu comodă în brațele stăpânei sale.

— Acum, Rose Smith, îmi vei spune totul. Ce-i cu luminițele alea din ochii tăi? Să știi că se vede din orașul vecin că ți s-a întâmplat ceva, glumi Miriam.

— Cred că le vezi pe ale tale și ți se pare că se reflectă în ochii mei... îi zise Rose, încercând să pară serioasă.

— Rose, nu uita cu cine stai de vorbă....

— Ei bine, ca să nu mă sâcâi toată după-amiaza, îți spun că... Nick m-a sunat să-mi spună că va lua el copii de la școală, spuse Rose pe un ton inocent, care nu o păcăli pe Miriam.

— Atât?

— Da... de ce, mai trebuia ceva?

— Și de asta erai așa... departe cu gândul, la spital? o privi Miriam printre pleoapele întredeschise.

— Bine, bine. Mi-a mai zis că ne vom vedea mai târziu. Vine să mă ia peste o oră de aici, adăugă Rose, studiind foarte atentă cafeaua aburindă.

— Mai e ceva... De când vă întâlniți tu și frumușelul de polițist așa, fără cei mici?

— Cine a zis că ne întâlnim fără copii? Adică,

nu mi-a spus nimic despre asta...

— Din moment ce e liber şi stă cu cei mici, tu trebuia să fii acasă mai târziu. Acasă la tine, nu la el... îi zise Miriam, râzând.

— Of, Miriam, ţi-a spus cineva că eşti imposibilă uneori? o întrebă Rose, prefăcându-se agasată.

— Aşa eşti şi tu, draga mea, atunci când vine vorba de mine şi de Tony, aşa că... să vezi cum e,.

— Dacă tot am ajuns la subiectul ăsta... Cum merg lucrurile între voi doi?

— Nu schimba subiectul, Rose. Aştept, spuse Miriam, bătând uşor cu degetele în masă.

— Ă... aseară, Nick m-a condus acasă, deşi eu am refuzat asta iniţial...

— Şi... ?

— Şi... of, Miriam, de ce îmi faci asta?

— Fiindcă îmi place. Şi... ajunseseşi la partea interesantă a poveştii... se amuză Miriam, privind-o cu drag.

— Nick mi-a zis noapte bună... spuse Rose uitându-se în jurul ei.

— Aha... spune-mi tot!

— Nu mai vin timp de o săptămână la tine...

— Lasă asta, nu mi-e frică... spuse Miriam nepăsătoare.

— Bine, bine... M-a sărutat... eşti mulţumită acum? Storci totul din om, îi spuse Rose, mijind ochii spre ea.

— Bravo lui! De când aşteptam să aud că un frumuşel ca domnul poliţist te face să ai steluţe în ochi... îi zise Miriam, tachinând-o, după ce îşi reveni din surpriza momentului. Şi... atât?

— Miriam!

— Ce? Întrebam doar, rosti pe un ton inocent.

— Şi... apoi a plecat în grabă, lăsându-mă în faţa casei, ca un băiat cuminte ce este, spuse Rose, retrăind momentul cu zâmbetul pe buze.

— Nici acum nu ţi-ai revenit, nu-i aşa?

— Hai să nu exagerăm... Să spunem doar că m-am gândit aproape întruna la el.

— Şi aţi vorbit despre asta?

— Nu... nu am reuşit încă... Oricum, poate va uita şi nici nu va mai aduce vorba despre asta.

— Tu crezi ce spui? Tocmai de-asta vrea să te vadă, draga mea, îi zise Miriam, luând-o de mână.

— Eu... nu ştiu ce să spun şi cum să reacţionez... spuse Rose, trecându-şi o mână prin părul lung.

— Nu-i nimic, te va ajuta el... tu nu trebuie decât să te bucuri.

— Hai să schimbăm subiectul acum. Povesteşte-mi despre voi doi.

— Bine. I-am spus prostuţului ăluia că voi avea grijă de el când va fi externat şi a avut neruşinarea să mă refuze, la început. După o teorie pe care i-am aplicat-o, l-am convins să accepte, spuse Miriam zâmbind.

— Era culmea să nu accepte. Cât mă bucur! În sfârşit vă voi vedea împreună, aşa cum trebuia să fiţi de atâta timp... zise Rose, visătoare.

Uşa cafenelei se deschise, iar Nick intră hotărât, căutând-o cu privirea pe Rose, care trebui să inspire de două ori înainte de a-l saluta, sub atenta supraveghere a prietenei sale.

— Bună, Miriam, o salută Nick zâmbitor.

— Bună, Nick, ce plăcere să te vedem pe aici, nu-i aşa, Rose?

— Da, sigur... bună, Nick, spuse Rose, încercând să nu pară emoţionată.

— Bună, Rose, îi spuse el, sărutând-o uşor şi rapid pe buze, zâmbind amuzat când îi întâlni privirea.

— Eu am nişte clienţi, aşa că trebuie să vă las. Simţiţi-vă ca acasă... spuse Miriam zâmbind, după care plecă fericită că îi putea lăsa singuri, mai ales că exact atunci intrară nişte clienţi în cafenea.

Nick se aşeză la masă, lângă ea, iar momentul în care se priviră le păru o eternitate.

— Vrei să stăm aici sau mergem la o plimbare? o întrebă el, zâmbindu-i în felul acela cuceritor.

— Cred că... plimbarea e o idee bună... Eşti sigur? spuse Rose, privindu-l uşor surprinsă când el o luă de mână.

— Foarte. Hai să mergem, îi spuse el, după care se ridică de pe scaun, ajutând-o şi pe ea să facă acelaşi lucru.

— Trebuie doar să... spuse Rose, arătând spre Miriam.

— Bine, aştept afară, îi zise el zâmbitor, după care ieşi, atrăgând privirile unor femei care se aflau în acel moment acolo.

— Pa, Miriam, ne mai vedem, spuse Rose.

— Pa! O seară frumoasă! îi ură Miriam, îmbrăţişând-o.

— Mulţumesc, la fel. Mai vorbim...

— Fii sigură de asta...

Miriam zâmbi, urmărindu-şi prietena cu privirea până când aceasta ieşi din cafenea.

Odată ajunsă afară, Rose fu luată de mână şi studiată într-un mod drăgăstos de Nick.

— Deci...

— Deci, mergem la plimbare, îi spuse Nick zâmbindu-i din toată inima, făcând-o şi pe ea să zâmbească. E-n regulă? o întrebă el, arătându-i mâinile lor împreunate.

Rose încuviinţă cu o mişcarea a capului, cuvintele oprindu-i-se în gât. Deşi nu mai era o adolescentă, inima îi bătea puternic din cauza stării pe care i-o transmitea Nick.

— Şi cei mici?

— Sunt acasă, singuri. În mod sigur se joacă

la ora asta, spuse el, mergând încet alături de ea.

Fiind aproape iarnă, la ora aceea era deja aproape întuneric, iar ei se plimbau pe drumul care ducea spre parc.

— Şi... unde le-ai spus că mergi?

— La întâlnire cu tine, răspunse el, aşezându-se pe bancă şi privind-o neîncetat.

— La întâlnire? Şi ei ce-au zis?

Se aşeză la o oarecare distanţă de el.

— Da, sigur, nu asta e, o întâlnire? Lilly a zâmbit larg, iar Michael s-a încruntat puţin, dar îi va trece. Rose?

— Da?

— Ţi-e teamă de mine?

— De ce mi-ar fi? zise ea, încercând să-şi ascundă timiditatea.

— Fiindcă stai departe de mine, îi spuse el, cu un zâmbet ştrengar.

— Trebuie... trebuie să vorbim... îi zise ea

Fata îşi coborî privirea mai jos de ochii lui. Descoperi că-l analizează şi-şi muşcă uşor buza când el se amuză de starea ei.

— De asta suntem aici, Rose, ca să vorbim. Nu mai fi încordată, îi zise el, luând-o de mână şi venind spre ea.

— Nu sunt încordată... încercă ea să nege.

— Ba da, eşti şi te înţeleg, dar nu vreau să te simţi aşa în preajma mea, îi spuse Nick, ridicându-i bărbia spre el şi mângâindu-i uşor obrazul.

Bine?

— Voi încerca, promise ea, pierzându-se în ochii săi.

Tremură uşor la atingerea lui, care nu îi inspira teamă, aşa cum făcuse Edgar, ci un altfel de sentiment, pe care nu-l mai avusese până atunci.

— Bine. Acum putem vorbi, îi spuse el, mângâindu-i din nou obrazul, după care îşi retrase mâna. Fiindcă îmi place să cred că sunt un bărbat direct şi având în vedere că te-am sărutat azi-noapte, vreau să te întreb dacă vrei să fii iubita mea.

Rose îl privi cu ochii măriţi de uimire, inspirând adânc de câteva ori, până să poată vorbi. Nu-i venea să creadă că tocmai ei îi cere aşa ceva, când putea avea orice femeie dorea.

— Eu... nu ştiu ce să spun... sunt foarte surprinsă de toate astea...

— Ai timp să te gândeşti, nu ne grăbim nicăieri, îi zise el, zâmbind. Din câte ştiu, nu ai vreun iubit, altfel nu ai fi venit cu mine aici. Puteam să continui altfel relaţia asta, dar mi se pare că eşti genul de fată căreia trebuie să-i cer permisiunea înainte şi, în plus, aşa mi se pare corect.

— Ai dreptate, nu am iubit şi sunt de acord cu ceea ce ai spus. Înainte să-ţi răspund, trebuie să ştiu ceva.

— Ce?

— Eşti sigur că asta vrei?

— Foarte sigur, îi răspunse el, surâzător. Rose, ascultă... ştiu că nu ne cunoaştem de mult, dar atunci când îţi doreşti ceva, nu e nevoie de prea mult timp pentru ca unele lucruri să se întâmple. Pur şi simplu, în timpul pe care l-am avut la dispoziţie să te cunosc, am început să simt ceva pentru tine şi chiar vreau să văd unde ne va duce asta... adăugă Nick, mângâindu-i mâna aşezată într-a lui.

— Nick... eu... bine, accept să fiu iubita ta, dar Midland e un oraş mic, nu ţi-e teamă de ce ar putea spune cei din jur? Mai ales că am fost implicată în acel scandal, de la care nu a trecut destul timp pentru ca oamenii să-l uite... spuse ea, luându-şi mâna dintr-a lui, mai vulnerabilă ca oricând.

— În primul rând, lasă-mă să fac asta, îi spuse Nick, sărutându-i mâna, spre uimirea ei. În al doilea rând, dacă îmi păsa de ceea ce spune lumea, nu aş fi făcut nimic în viaţă. În al treilea rând, tu nu ai nicio vină în acel scandal, cum îi spui tu, ai fost victima ticălosului de Edgar şi nu pot decât să mă bucur că Tony a fost acolo pentru tine. Ştiai că sunt la curent cu toate astea fiindcă ţi-am spus. Şi, dacă tot a venit vorba,, vreau să aflu varianta ta. Ţi-am cerut asta mai demult şi m-ai refuzat. Înţeleg că nu e un subiect plăcut pentru tine, dar vreau să ştiu... trebuie să ştiu. Vreau să simţi că poţi să-mi spui orice şi să ai încredere în mine. Probabil crezi că e prea repede să vorbim despre toate astea, dar în ultimii ani am învăţat că viaţa e prea scurtă pentru a nu încerca să te bucuri de ea şi să obţii ce-ţi doreşti, iar eu te vreau pe tine, Rose. Sper să înţelegi, pentru mine nu e o joacă ceea ce facem noi acum. Crede-mă că m-am gândit bine înainte să-ţi propun asta. Recunosc că nu voiam să mai ţin la o femeie atât de mult, încât să-mi doresc o relaţie stabilă cu ea, dar tu m-ai schimbat. Te rog, Rose, vorbeşte cu mine, vei vedea că-ţi va face bine.

Rose rămase plăcut surprinsă de destăinuirile lui. Îi plăcea că-i dădea încredere în el. Cu siguranţă Nick era un bărbat care ştia ce-şi doreşte, iar asta o bucura şi o speria în acelaşi timp.

— Bine, Nick, îţi voi spune, dar nu vreau să mă întrerupi. Nu mi-e uşor să-ţi povestesc toate astea, îi zise ea, simţind fiori prin tot corpul la amintirea aceea dureroasă.

— Ştiu, Rose, dar fă-o. Sunt aici, cu tine... îi spuse el privind-o cu seriozitate, sărutându-i din nou mâna şi oferindu-i afecţiunea lui binefăcătoare şi vindecătoare.

— Edgar... îmi propunea tot mai des să ne întâlnim, iar eu îl refuzam în mod constant. Cedric, colegul meu, a observat starea pe care o aveam atunci când ieşeam din biroul lui Edgar, care mă chema acolo sub diverse pretexte, el fiind proprietarul cabinetului şi doctor, la rândul lui. Încercam să-l evit, dar el era foarte insistent. La un moment dat, nemaiputând rezista, i-am povestit totul prietenei mele, Miriam, care m-a sfătuit să-l dau în judecată pentru hărţuire. Am refuzat la început, din cauza ruşinii şi scandalului care s-ar fi iscat. În ziua incidentului, l-am ameninţat pe Edgar că-l voi denunţa, iar el a părut că înţelege, prefăcându-se surprins de atitudinea mea. De altfel, tot în ziua aceea, Cedric a văzut că nu mă simţeam bine când am ieşit din biroul lui Edgar. Nu i-am spus ce s-a întâmplat şi a vrut să meargă să vorbească cu el, dar l-am oprit. Nu voiam să-i risc cariera pentru un nimic ca Edgar... Oricum... Când s-a întâmplat nenorocirea, eram în tura de noapte la cabinet. Mă dusesem până în camera cu medicamente să caut ceva pentru un băieţel rănit, care venise împreună cu mama lui. La cabinet nu eram decât eu în noaptea aceea, fiindcă asistentei care trebuia să fie cu mine în tură i se făcuse rău şi plecase acasă. Imediat ce am intrat acolo şi am închis uşa, am început să caut medicamentul respectiv. La un moment dat, am auzit cum uşa se încuie şi, când m-am uitat să văd ce se întâmplă, Edgar se afla deja în faţa mea. M-a luat în braţe şi a început să mă sărute, deşi eu mă fereamde el şi îl rugam să mă lase în pace. Mi-a spus o mulţime de lucruri dezgustătoare, încercând să mă convingă să fiu a lui, chiar acolo. Nu-i păsa de nimic, nici de rugă-minţile mele, nici de faptul că eram aşteptată... M-am luptat cu el, dar era mult mai puternic, iar protestele mele l-au întărâtat şi mai mult. Mi-a rupt tricoul, în timp ce îmi repeta întruna să tac, fiindcă oricum nu-l pot opri...

Rose luă o scurtă pauză, simţind nevoia să inspire adânc.

— Continuă, îi spuse Nick încruntat, simţind că-i fierbe sângele în vene. Ştia cât îi e de greu lui Rose să-i spună totul, dar voia să o facă să se elibereze de povara de pe suflet.

— În scurt timp, am auzit un zgomot de uşă spartă. O spărsese Tony , alertat de ţipete-le mele. În momentul acela, Edgar m-a lovit cu pumnul peste faţă, înainte ca Tony să ajungă lân-gă mine, iar eu am căzut la pământ, inconştien-tă... Mai târziu, când m-am trezit la spital, Tony mi-a spus că l-a bătut măr pe Edgar şi că a fost nevoie de trei poliţişti ca să-l ia de pe el, iar când m-a luat în braţe şi m-a dus până la ambulan-ţă, îmi curgea sânge din buză. Mi-a mai spus că, în momentul acela, ar fi fost capabil să-l ucidă pe Edgar fără niciun regret... Am avut nevoie de două zile de spitalizare, Cedric nelăsându-mă cu niciun chip să plec mai repede de acolo. Se sim-ţea vinovat că nu a putut să mă ajute. Cât despre vânătaia de pe faţă, a durat cam o săptămână să se vindece, timp în care am stat acasă, în concediu medical, dorindu-mi să fiu cât mai departe de ochii curioşilor. După aceea, am plecat la o verişoară din Salt Lake City timp de o lună, pentru a-mi reveni. M-am întors acasă, hotărâtă să-mi găsesc o altă slujbă. Şi în ziua de azi îmi e greu să intru într-un spital, dar, recent, fiind vorba de Tony, am făcut-o, de dragul lui...

Rose încercă să-şi reţină lacrimile care îi stăteau în gât.

— Numai vânătaia din inima ta nu s-a vindecat încă... îi spuse Nick, îmbrăţişând-o ca să-i arate sprijinul lui. Dacă l-ar fi avut pe acel Edgar în faţa lui, ar fi făcut simţit şi reacţionat exact ca Tony.

— Nu se poate vindeca, nici uita sau ierta aşa ceva... Eu, una, nu pot... îi zise Rose, desprinzându-se uşor de el, dar lăsându-şi mâinile într-ale lui. Cât despre Tony, îi datorez faptul că m-a scos de acolo, fără ca Edgar să fi reuşit ce şi-a propus...

— În mod sigur, şi eu îi sunt recunoscător pentru asta. Pare un tip de treabă Tony. Apropo de Cedric şi Tony... E cazul să mă îngrijorez din cauza lor? o întrebă Nick, privind-o enigmatic.

— Adică... vrei să spui că te simţi oarecum ameninţat de prezenţa celor doi amici în viaţa mea?

— Nu, doar întrebam...

— Ei bine, nu ai niciun motiv de îngrijorare

în privința lor, îi spuse Rose surâzând, luată prin surprindere de turnura discuției.

— Bine...

Înainte ca el să mai spună ceva, Rose se ridică în picioare.

— Nick... aş vrea să merg acasă. E cam târziu şi vreau să mă odihnesc

Simțea nevoia de singurătate, ca de atâtea ori în viața ei.

— Să mergem atunci, îi spuse el, ridicându-se de pe bancă şi venind lângă ea. Îşi puse brațul în jurul taliei sale, mergând astfel până la maşină. Pe drum, Rose îşi aminti de propria ei maşină.

— Nick... ştii dacă s-a rezolvat ceva cu maşina mea?

— Nu ştiu, încă nu m-a sunat nimeni de la service, îi spuse el, privind-o cu drag.

Vorbind întruna, drumul trecu repede, iar în scurt timp cei doi ajunseră în fața casei. Rose coborî din maşină şi văzu imediat ce anume îi stârnise lui Nick zâmbetul ştrengăresc din colțul buzelor, un zâmbet pe care deja îl adora. În fața casei sale se afla maşina ei, strălucitoare în lumina lunii.

— Nick! Mi-ai spus că nu ştii nimic despre asta, îi spuse ea zâmbind, înghiontindu-l uşor.

— Aş fi stricat surpriza, îi răspunse el, îmbrățişând-o.

— Mulţumesc, Nick. În sfârşit, un lucru frumos în ultimele zile...

Rose îi simţea braţele în jurul său. Zâmbi şi se simţi fericită şi încrezătoare.

— Meriţi, Rose, îi zise Nick, privind-o concentrat. Ştii... nu sunt un om al promisiunilor, ci al faptelor, dar voi face tot posibilul să te fac fericită, adăugă el, aducând-o mai aproape de corpul său.

— Nu am nevoie de promisiuni, Nick. Am nevoie de tine, mărturisi Rose, cu un curaj pe care cu câteva zile în urmă nu credea să-l aibă. Am un sentiment că aşa va fi.

— Şi eu am nevoie de tine, Rose... nici nu ai idee cât de mult... îi zise Nick, lăsându-se absorbit de privirea ei dulce şi inocentă.

Rose rămase fără replică auzindu-i cuvintele. El îi cuprinse capul în mâini, apropiindu-şi buzele de ale ei şi sărutând-o la început blând, apoi mai dornic. Se lăsă pradă buzelor ei ademenitoare, tot acest joc durând câteva minute bune. Când se desprinse cu greu de ea, îşi împreună mâinile cu ale ei, văzând uimirea din ochii ei.

— Îmi place să te las fără replică. Ne vedem mâine. Noapte bună, iubito...

Îşi desprinse mâinile dintr-ale ei, îi mângâie uşor buzele şi chipul, după care dispăru zâmbind în noapte.

Rose abia reuşise să schimbe câteva cuvinte

cu Allison în timpul mesei, după care merse la culcare, încă aflată sub efectul farmecului emanat de Nick, care într-un timp atât de scurt reuşise să ajungă la inima ei. Nu-i venea să creadă că tocmai ei i se întâmplă acele lucruri frumoase şi emoţionante.

Înainte de a adormi, rememoră cu zâmbetul pe buze ceea ce tocmai trăise alături de Nick, simţind că e pe cale să-şi piardă nu numai raţiunea, dar şi inima, dacă nu cumva le pierduse deja pe amândouă...

Capitolul 11

După câteva zile...

Miriam deschise fericită uşa casei lui Tony, după care intră în sufragerie, urmată de el.

— Mă bucur că, în sfârşit, eşti acasă. Era cazul să te întorci, îi spuse, ajutându-l să se aşeze pe canapea, în ciuda protestelor lui.

Puse apoi pungile pline de cumpărături pe masă şi luă două pahare din bucătărie în care turnă suc. Îşi simţea gura uscată atât din cauza agitaţiei cu externarea lui Tony, cât şi pentru că-i venea să-l strângă în braţe şi să nu-i mai dea drumul vreodată. Se întoarse în sufragerie, dându-i paharul cu suc lui Tony.

— Mulţumesc pentru tot ajutorul dat, Miriam. Ştiu că nu ţi-a fost uşor zilele astea... îi zise Tony, dezbrăcându-se de geacă.

— Nici nu ai idee...

— Ce ai spus?

Abia atunci înţelese Miriam că vorbise cu voce tare. Strânse din pleoape înciudată, gândindu-se ce să-i spună.

— Ai dreptate, Tony. Mi-a fost greu, dar numai atunci când aveai ochii închişi şi stăteai nemişcat în patul ăla. După ce te-ai trezit, a început să-mi fie mai uşor.

Miriam zâmbi şi, la îndemnul lui, se aşeză lângă el.

— Miriam... ştii că am lăsat o discuţie neîncheiată, nu-i aşa?

Tony o privi îngândurat, fiindcă nu ştia cum va reacţiona ea la ceea ce avea să-i spună. O luă de mână şi aşteptă ca ea să-i spună ceva, orice, numai să nu-l privească astfel, ca pe cineva care îi frânsese inima.

— Se pare că-ţi mai aminteşti... da, ştiu, avem de vorbit. Te ascult.

Miriam îşi lăsă mâna într-a lui. Nu se putea abţine, voia să-l simtă aproape.

— Ştii că ţi-am spus că am început să simt ceva pentru tine... spuse Tony, privind-o dulce cu acei ochi verzi, blânzi, în care ea adora să se oglindească.

— Ceva? Mai mult ca sigur e vorba doar de atracţie fizică... te rog doar să nu-mi spui că vrei să avem un fel de relaţie de prietenie cu beneficii, fiindcă voi ieşi în clipa asta pe uşă, îi spuse ea privindu-l ameninţător.

— Miriam, încetează. Nu sunt cuceritorul fără inimă pe care ţi-l imaginezi sau cel puţin nu mai sunt...

Privirea lui o avertiză pe Miriam că vorbeşte serios, aşa că preferă să păstreze tăcerea, însă doar pentru câteva secunde.

— Nu ştiu ce să zic... După cum tratezi femeile, aş putea afirma contrariul.

— Miriam. Chiar dacă am ceva experienţă la capitolul ăsta, pot să te asigur că femeile care şi-au dorit compania mea au făcut-o de bunăvoie. Nu am forţat-o pe niciuna să fie cu mine. În ceea ce ne priveşte pe noi doi, pot doar să spun cu regret că nu te-am observat mai devreme, deşi te aveam chiar lângă mine. Eşti o femeie inteligentă, minunată, amuzantă şi meriţi să fii apreciată la adevărata ta valoare. Ce-mi doresc eu de la tine? Simplu: să avem o relaţie, dar nu aşa cum ai spus mai devreme, ci una adevărată, cu tot ceea ce implică ea. Ce spui, eşti de acord să încercăm? o întrebă el cu sinceritate, aşteptând nerăbdător răspunsul ei.

— Nu ştiu dacă meriţi să-ţi spun toate as-

tea, dar o voi face, fiindcă altfel simt că voi ex-
ploda, spuse Miriam, adunându-și cu greu cu-
rajul. Sunt îndrăgostită de tine încă de la vârsta
de cincisprezece ani, adică de când te-ai mutat
în Midland și ai devenit colegul meu de clasă. Al
meu și al lui Rose, desigur. M-ai cucerit cu inte-
ligența ta, cu farmecul tău, dar și cu felul în care
ne săreai mereu în ajutor mie și lui Rose, fără
să-ți pese de părerea celorlalți. Până și la balul
de absolvire al liceului ne-ai însoțit pe amândo-
uă, dansând pe rând cu fiecare dintre noi, ca să
nu mai spun de atâtea alte lucruri bune pe care
le-ai făcut pentru noi, de parcă ăsta ar fi fost sin-
gurul tău scop în viață: să le porți de grijă unor
adolescente timide și sensibile. În fiecare an am
sperat că mă vei remarca și că te vei uita și la
mine așa cum te uitai la alte fete, dar nu s-a în-
tâmplat... Apoi, când ai început să o privești pe
Rose cu alți ochi, m-am întrebat cât voi mai pu-
tea rezista fără să-ți spun vreodată toate astea,
fără să te simt sărutându-mă cel puțin o dată
și... fără să te simt al meu... Nu a trecut noapte
în care să nu-mi doresc să te simt lângă mine, și
nu doar ca prieten... Nu vreau ca tu să profiți de
ceea ce îți spun acum, așa cum nu te doresc doar
pentru o noapte, Tony, sper să înțelegi. Nu știu
dacă ești dispus să ai o relație de lungă durată
cu mine.

Lui Miriam nu-i venea să creadă că venise

momentul de care îi fusese atât de teamă până atunci. Continuă:

— Dacă ai pleca vreodată din oraș sau dacă ai fi cu altă femeie, o parte din mine pur și simplu s-ar stinge. Poți să spui că sunt o prostuță îndrăgostită, și asta e, poate că sunt, dar trebuia să-ți spun, înțelegi? Aveam nevoie să-ți spun totul, adăugă Miriam privindu-l cu ochi umezi, eliberată de povara pe care o dusese singură atâția ani.

Tony o asculta, o privea și nu-și găsea cuvintele.

— Habar n-am avut, Miriam... poate dacă aș fi știut mai devreme... vorbi el emoționat, realizând brusc cât era de iubit, lucru pe care și-l dorise încă de mic copil.

— O tocilară simplă ca mine nu putea rivaliza cu fetele acelea perfecte, alături de care îți petreceai timpul. Eram prea slabă, fără formele acelea care atrag, prea inexistentă pentru a-ți atrage atenția, rosti Miriam, năpădită din nou de amintiri dureroase.

— Oprește-te. Ai fost o colegă și o prietenă pe cinste și lucrurile nu stau chiar așa. Întotdeauna te-am privit cu prietenie și loialitate, la fel ca pe Rose. Mi-a plăcut că erai sensibilă și mereu dispusă să-i ajuți pe ceilalți. Aveai acea frumusețe care nu sărea în evidență, dar ți se citea în priviri.

— Rose arăta mult mai bine decât mine chiar şi atunci, în anii aceia, îi spuse Miriam, înduioşată de faptul că el ştiuse să interpreteze nişte lucruri în legătură cu ea atât de bine.

— Amândouă aveaţi ceva special, exact aşa cum e şi acum. V-am apreciat pe amândouă fiindcă, printre alte lucruri, aţi reuşit să mă faceţi să mă simt binevenit în Midland, deşi eram în grija unei asistente maternale care nu mi-a arătat niciodată înţelegerea şi iubirea pe care mi-aţi arătat-o voi, spuse el, încă afectat de acele lucruri dureroase din adolescenţa lui întâmplate după moartea mamei sale.

Miriam îşi aduse aminte că doar până la o anumită vârstă Tony avusese parte de iubire maternă. Crescuse până la vârsta de cincisprezece ani doar alături de mama lui, întrucât tatăl său îi părăsise pentru a-şi întemeia o familie nouă, alături de altă femeie. Când se mutase în Midland, era deja în grija Oliviei, o femeie pe care nu o interesa prea mult soarta băiatului frumos, cu ochi verzi şi trişti. În prezent, Olivia locuia în altă casă, alături de un bărbat dubios, iar Tony nu voia să ştie nimic de ea şi, prin urmare, nici nu o vizita.

— Încă duci flori în fiecare lună la mormântul mamei tale, nu-i aşa? îl întrebă Miriam, uitându-se la el cu dragoste.

— Ştii că da... îi spuse el trecându-şi o mână

peste chipul plin de frământări. Gata cu astea, gata cu amintirile, e timpul să vorbim despre noi, Miriam. Nu despre Rose, nu despre alte persoane, doar despre noi. Tot ce pot să-ți spun referitor la ceea ce simt pentru tine este că nu te-aș trata niciodată ca pe o femeie alături de care mi-aș putea petrece câteva nopți pasionale și nimic altceva. Deși îți vine greu să crezi, însemni pentru mine mult mai mult decât atât, Miriam. Hai să facem ceva în privința asta, ce spui? o întrebă Tony, zâmbindu-i cuceritor.

— Eu... nu-mi vine să cred că noi doi chiar vorbim despre asta, despre noi ca un cuplu... Înseamnă că nu te voi vedea sărutând o altă femeie, cu atât mai puțin pe Becky?

— Nicio altă femeie și nici pe Becky, îi spuse el, amuzat. Înainte de orice, te respect foarte mult, Miriam, și nu am nicio intenție să te rănesc. Vreau să fiu atât prietenul, cât și iubitul tău și să facem lucrurile cât mai frumoase pentru noi. Cred că o merităm, după atâta timp de așteptare și nefericire pentru amândoi.

— Atunci... nu mai e nimic de discutat, îi spuse ea, cu inima bătându-i ca după un maraton. Se apropie de Tony și făcu ceea ce își dorise aproape dintotdeauna: îl sărută, conștientă de sentimentele intense pe care le pune în sărutul acela care îi stârnea toate simțurile.

Dacă la început Tony fu ușor surprins de

gestul ei, pe măsură ce sărutul se adâncea, se hrănea din ceea ce îi oferea Miriam, simțind totul mult mai profund.

— Nici nu ai idee de când așteptam să fac asta, îi mărturisi Miriam, câteva minute mai târziu, în timp ce el stătea cu capul pe genunchii ei.

— Mă bucur că, în sfârșit, ai făcut-o. Știu că ți-a trebuit mult curaj... să iau asta ca pe un da? o tachină, jucându-se cu niște șuvițe blonde care-i căzuseră fetei din părul strâns în coadă.

— În mod sigur, da.

— Cum a fost?

— Ce?

— Să mă săruți. A fost așa cum te-ai așteptat? o întrebă el curios, dar iubitor.

— A fost... mult mai bine decât mi-am imaginat. Săruți incendiar, domnule pompier, îi zise ea, simțind că poate să plutească de fericire.

— Nu pot decât să sper că mă vei chema atunci când va trebui să sting incendiul... îi spuse el, zâmbind când văzuse că remarca lui aduce culoare în obrajii ei.

— Doar fiindcă nu cunosc alt pompier atrăgător cu ochii verzi consider că ești soluția salvatoare în cazul ăsta, spuse Miriam, mângâindu-i părul blond. Ei, bine, domnule pompier, e de ajuns pentru seara asta. E timpul să plec acasă.

Miriam îl ajută să se ridice de pe genunchii ei, după care se ridică și ea de pe canapea. Tony o conduse până la uşă, mergând încet, chiar dacă ea îi spuse să stea liniştit.

— Ai spus că vei avea grijă de mine... îi zise el, zâmbindu-i provocator.

— Şi voi avea. Te voi vizita în fiecare zi. Noapte bună, Tony!

— Noapte bună, Miriam!

O sărută, simţind că e rândul lui să facă asta. După aceea o urmări cum pleacă la maşină, ştiind că, în sfârşit găsise ce căuta de atâta timp.

Capitolul 12

În dimineaţa aceea, Rose aflase de la Lilly că în ziua următoare era aniversarea lui Nick, iar asta o întristă puţin. Ar fi vrut să afle chiar de la el, doar trecuse aproape o lună de când erau împreună. Îşi zise că probabil nu avea destulă încredere în ea încât să-i spună astfel de lucruri. El era la secţie până a doua zi dimineaţa, iar ea urma să stea cu cei mici peste noapte.

Câteva minute mai târziu, uşa se deschise şi apăru Nicole.

— Bună, Rose. Bună, copii, le spuse ea, îmbrăţişându-i pe cei mici.

Arăta impecabil în costumul alb care îi punea în evidenţă silueta perfectă. Părul întins îi cădea pe umeri.

— Bună, domnişoară Andrews, o salută Rose, simţindu-se pentru o clipă nesemnificativă şi ştearsă în comparaţie cu ea.

Înghiţind în sec, se aşeză pe canapea şi-i privi cum se îmbrăţişează.

— Bună, mătuşă, rostiră cei doi copii la unison, venind spre ea şi lăsându-se îmbrăţişaţi.

— Nick e acasă? Am venit să-i aduc un cadou, fiindcă din păcate mâine nu voi putea fi prezentă la aniversarea lui, spuse Nicole, cu un regret evident pe chip.

— Nu, e la secţie, dar îi voi spune că aţi fost aici, răspunse Rose, încercând să fie politicoasă. Pe mine vă rog mă scuzaţi, merg până afară.

— Bine. Dacă vom avea nevoie de tine, te vom chema, zise Nicole pe un ton înţepat, ca şi cum Rose ar fi fost o menajeră.

Fata inspiră adânc şi părăsi încăperea, simţind o bruscă nevoie de aer. Odată ajunsă afară, se aşeză în leagăn, închizând ochii şi dorindu-şi ca Nick să fie lângă ea.

Îşi aminti cât de frumos se purta cu ea. Îi propusese chiar să nu mai fie bona celor mici. Dacă vrea să lucreze la spital, din partea lui era în ordine. Dar îl refuzase, spunând că, cel puţin pentru moment, îi e bine aşa. Adevărul era că nu se simţea încă pregătită să lucreze la spital, cu atât mai puţin să intre în depozitul de medicamente... pur şi simplu mai avea nevoie de timp.

La un moment dat, uşa casei se deschise, iar Nicole ieşi, râzând probabil la vreo glumă spusă de unul dintre copii. Se îndreptă spre Rose, săgetând-o din priviri. Profitând de faptul că cei mici rămăseseră în casă, jucându-se, îi spuse:

— Am aflat mai devreme de jocul pe care-l faci. Ştiu ce-ţi trece prin minte şi-ţi spun încă de pe acum că nu vei reuşi ce ţi-ai propus.

— Nu ştiu la ce vă referiţi, se arătă Rose surprinsă de atitudinea lui Nicole.

— Mă refer la Nick. N-o să te las să mi-l iei. E al meu şi nimeni altcineva nu va reuşi să-l facă să se recăsătorească, declară Nicole pe un ton ameninţător, apropiindu-se de ea.

— Domnişoară Andrews, în primul rând, vă reamintesc faptul că vorbiţi despre cumnatul dumneavoastră. Nu ar trebui să aveţi astfel de sentimente pentru el. În al doilea rând, Nick nu e un trofeu.

Rose se ridică în picioare, încercând să-şi păstreze calmul. Deci toate bănuielile ei se adevereau: Nicole îl voia pe Nick şi era dispusă să lupte pentru el.

— Dacă eşti suficient de femeie, nu-i vei povesti lui Nick despre mica noastră discuţie. Cât despre el, te asigur că, în final, cea pe care o va alege voi fi eu. Nu e altă femeie mai potrivită pentru el decât mine. Uită-te la tine: arăţi ca o casnică banală, nici măcar nu eşti machiată şi aranjată. Câteva nopţi pasionale şi Nick se va sătura de tine când îşi va de seama că nu eşti ceea ce-şi doreşte cu adevărat.

— Şi totuşi, aşa banală cum sunt, se pare că i-am atras atenţia, ripostă Rose zâmbind, dar simţind că-i bate inima tot mai repede, din cauza sentimentelor care o încercau. Avu un moment de satisfacţie atunci când văzu uimirea pe care o stârnise pe chipul lui Nicole. Aceasta nu se aştepta ca Rose să-i răspundă.

— Ai să regreţi că mi te-ai pus în cale, Rose Smith, o ameninţă Nicole pe un ton veninos şi aruncând o căutătură urâtă. Apoi plecă în grabă.

Rose se aşeză din nou pe leagăn ca să se liniştească, epuizată psihic în urma discuţiei cu Nicole. Nu era obişnuită să se certe, nu-i făcea plăcere, dar ştia că unora le place foarte mult. Se gândi cu îngrijorare la cuvintele otrăvitoare ale lui Nicole, sperând ca frumuseţea ei să nu aibă vreun efect asupra lui Nick. Ar fi vrut să-l sune, să-i audă vocea, dar nu voia să-l deranjeze. Îşi simţi însă telefonul vibrând în buzunarul blugilor, iar când verifică, văzu că el îi trimisese un mesaj: „Abia aştept să te văd din nou. Mi-aş dori să fii lângă mine... te sărut. Nick”

Mesajul trimis de el o făcu să zâmbească, transmiţându-i susţinere în acelaşi timp. Rose merse apoi în casă, spunându-le celor mici că pleacă la cumpărături. Fiindcă ei nu doriră s-o însoțească, îi spuseră ce să le cumpere, promițându-i că vor fi cuminți în lipsa ei.

Rose avuse însă o altă idee: îi duse acasă la ea, lăsându-i în grija lui Allison, care se arătă încântată de idee. Pe urmă, plecă la piață cu mașina. Îi plăcea ca uneori să se plimbe printre tarabele acelea nesfârșite și să admire produsele vânzătorilor.

Fiindcă nu găsi loc de parcare aproape de piață, își lăsă mașina pe o stradă lăturalnică și merse pe jos până la destinație. După ce făcea cumpărăturile din piață, voia să-i ia un cadou lui Nick.

După câțiva pași, fu prinsă de braț. Se întoarse, indignată de gestul pe care nu oricine și-l putea permite cu ea. Oroarea începu să-și facă loc în inima ei când văzu că Edgar era cel care o ținea astfel, ca și când ar fi fost proprietatea lui.

— Mișcă, acum, îi ordonă el cu glas șuierător, neslăbind-o nicio secundă din strânsoare.

— Edgar! Dă-mi drumul, nu vin cu tine nici până la colț, protestă ea, zbătându-se.

— Vei veni ca o ușuratică ce ești, asta te va convinge, îi spuse el, înțepând-o ușor în coaste cu un cuțit dosit în mâneca gecii. Mergi mai repede și nu te gândi să strigi după ajutor, dacă nu vrei să te ucid chiar aici, în fața atâtor oameni, apoi să mai fac niște victime din cauza încăpăţânării tale. Chiar vrei să fii responsabilă pentru asta?

Spaima care o cuprinse pe Rose o obligă să-l urmeze. Nu mai fu în stare să-i opună rezistenţă, nici să mai scoată un cuvânt.

Edgar o purtă astfel câteva străzi bune, dând impresia că sunt doi îndrăgostiţi care merg strâns îmbrăţişaţi pe stradă. La un moment dat, ajunse cu ea aproape de un depozit dezafectat, unde o forţă să-l urmeze. O trânti apoi pe jos, încuind uşa mare, de metal.

— De ce faci asta? îl întrebă ea, ridicându-se încet de pe jos.

Se uită în toate părţile după o cale de scăpare, însă nu văzu niciuna, spre disperarea ei crescândă. O durea tot corpul în urma căzăturii şi respira tot mai greu, îngrozită de ceea ce ar putea să păţească. Nu-i venea să creadă că trăia din nou acelaşi coşmar.

— Fiindcă pot şi fiindcă meriţi. În sfârşit, te am din nou la dispoziţia mea şi de data asta nici Tony, nici Nick, ticălosul pe care l-ai lăsat să te atingă, nu sunt aici să te apere. Nu ţi se pare minunat? o întrebă Edgar râzând şi apropiindu-se de ea.

— Edgar, te rog... fii raţional, nu face ceva ce vei regreta, îl imploră Rose.

Făcu câţiva paşi înapoi, lovindu-se de perete. Simţea că sângele îi curge mai rapid prin vene şi că e pe punctul de a face un atac de panică, lucru pe care nu şi-l putea permite. Trebuia să fie puternică şi să se lupte cu el.

— Te asigur că nu voi regreta nimic din ceea ce-ţi voi face, Rose, rânji Edgar. Ştii cât am visat la asta chiar şi când eram închis? N-ai crede dacă ţi-aş spune cât de mult poate să te transforme un loc ca închisoarea.

O prinse de mâini şi i le ţinu strâns deasupra capului, împingându-se în ea.

— Edgar, dă-mi drumul! Te rog... îi spuse Rose zbătându-se, conştientă de groaza care o cuprindea pe măsură ce el se lipea tot mai mult de ea. Trebuia să fii la închisoare, de ce nu eşti acolo?

— Am fost eliberat condiţionat pentru comportament exemplar. Nu-i aşa că-i minunat felul în care îi pot minţi pe cei de acolo? îi şopti el la ureche. Am aşteptat reîntâlnirea noastră cu mult entuziasm. Tu, nu?

— Dă-mi drumul. Nu înţelegi că nu vreau să am de-a face cu tine? îi strigă ea, încercând să-l lovească cu piciorul în plex.

Edgar îi pară lovitura, punându-i o mână pe picior, în timp ce cu cealaltă o strângea de încheieturi.

— Am să te fac să suferi îndelung pentru comportamentul tău necooperant. Vei dori să te fi ucis atunci când voi termina cu tine, îi spuse el urcând cu mâna pe piciorul ei, ajungând aproape de coapsele ei.

Rose simți gustul urii și al dezgustului, moment în care îi sună telefonul.

— Vezi? Mă caută și în curând își vor da seama că mi s-a întâmplat ceva, îi spuse ea, încercând să evite atingerile lui oribile.

Edgar o îmbrânci și o legă de o bară, în ciuda tuturor rugăminților și protestelor ei. Apoi, se enervă și îi luă telefonul, trântindu-l pe jos și călcându-l în picioare.

— Ascultă-mă bine, Rose, căci nu-ți voi spune decât o dată toate astea: te voi duce înapoi la mașină, iar tu, odată ajunsă acasă, îți vei da demisia. Nu vei mai fi bona țâncilor lui Nick Spencer, nici iubita lui. Vei deveni iubita mea, indiferent dacă vrei sau nu, îi spuse Edgar, arătându-i cuțitul din mâna lui.

— De ce aș face asta? Ești nebun! strigă Rose, simțindu-se mai bine la gândul că va fi eliberată.

— O vei face, Rose. Dacă nu faci ce-ți spun, le vei pune viața lui Nick și copiilor lui în pericol. Îi voi ucide pe toți trei în fața ta. Și nu vrei să știi ce m-am gândit să-i fac fetiței înainte să o ucid. Chiar vrei să aibă aceeași soartă ca a ta? o întrebă Edgar, satisfăcut de groaza întipărită pe chipul femeii.

Rose devenise albă ca varul. Nu-i venea să creadă ce monstru se afla în fața ei.

— Eşti un monstru, Edgar! Nici n-ar trebui să exişti! îi strigă plină de ură, încercând fără succes să-şi desfacă legăturile.

Cum Edgar o legase cu nişte lanţuri, îi era imposibil să se elibereze. Începu să se roage în gând, sperând să iasă cât mai repede de acolo.

— Nu uita, Rose: nicio vorbă despre asta, nimănui, altfel îi voi ucide pe toţi cei dragi ţie, inclusiv pe Allison, Miriam şi, desigur, Tony, şarpele ăla enervant. Nu sunt singurul implicat în asta, îi spuse Edgar, după care o prinse de talie, plimbându-şi degetele pe trupul ei, până sub sânii pe care abia aştepta să-i atingă, lăsând totuşi partea aceea pentru când avea să fie din nou lângă ea. O sărută apoi pe gât, după care o duse afară. În scurt timp o lăsă la maşina ei şi plecă, fericit de întorsătura pe care o luaseră lucrurile.

Rose se urcă în maşină într-o stare mai mult decât groaznică. Viaţa atâtor oameni era în mâinile ei şi, pe lângă faptul că trebuia să se despartă de Nick şi de copii, mai trebuia şi să se obişnuiască cu gândul că Edgar va reuşi ce şi-a propus: să o aibă. Gândul îi stârnea repulsie, la fel ca amintirea atingerilor şi săruturilor lui nedorite.

Claxonul unei maşini o făcu să realizeze că semaforul arăta culoarea verde, aşa că demară, în cele din urmă, conştientă că viaţa în jurul ei continua nestingherită, deşi ea se afla în stare de şoc. Începu să plângă. Se gândi unde să meargă, trebuia să facă un duş: acasă nu putea, acolo erau Allison şi cei mici, la Miriam nu putea apela, i-ar fi pus prea multe întrebări şi, în starea în care se afla, nu garanta că nu i-ar fi spus adevărul. Decise să meargă la Nick, apoi să la ea, ca să stea cu copiii şi cu Allison peste noapte.

Odată ajunsă sub duş, Rose se lăsă curăţată de apa caldă şi binefăcătoare, frecându-se bine cu buretele pe tot corpul. Descoperi câteva vânătăi dureroase, pe care le unse cu o cremă analgezică, conştientă în mod dureros că nu poate face acelaşi lucru cu ceea ce simţea în inima ei. Îmbrăcă o pereche de pantaloni negri mai groşi şi o bluză albă şi-şi puse hainele murdare într-o plasă, apoi plecă acasă, acolo unde ştia că o aşteptau Allison şi cei mici.

Pe drum, se întrebă ce părere vor avea despre demisia ei cei mici, dar mai ales Nick. Cel puţin ei i se părea totul atât de groaznic, încât abia putea să se concentreze la condus.

Opri în faţa casei şi, spre disperarea ei, văzu maşina lui Nick parcată acolo. Cu paşi greoi, intră în casă. Toţi erau în sufragerie, aşteptând-o, inclusiv el, care trebuia să fie la secţie în noaptea aceea.

Allison fu prima care venise la ea. O îmbrăţişă, analizând-o. Rose ştia din privirea mamei sale că aceasta bănuia că ceva nu era în regulă cu fiica ei.

— Unde ai fost toată ziua? Te-am sunat, şi n-ai răspuns la telefon, îi zise Allison, cu o privire îngrijorată.

— Am avut nişte lucruri de făcut... Îmi pare rău că nu ţi-am răspuns, dar n-am avut telefonul la mine, explică Rose, încercând să pară că e bine şi să evite privirea cea mai puternică din încăpere.

Fu apoi îmbrăţişată de Lilly. Chiar şi Michael o sărută rapid pe obraz.

Rose se pregăti sufleteşte pentru o ploaie de întrebări din partea lui Nick, însă el se mulţumi să se apropie uşor de ea.

— Bună, Rose. Eşti bine? o întrebă îngrijorat, luând-o de mână.

Între timp, Allison îi luase pe copii şi îi duse în camera ei pentru a se uita la televizor, oferindu-le un răgaz celor doi.

— Bună, Nick. Trebuia să fii la secţie, cum de eşti aici? îl întrebă ea, coborând privirea, conştientă de faptul că el putea să bănuiască ceva, dacă nu face un efort să se liniştescă.

— Am lăsat un coleg în locul meu şi am venit aici imediat ce am primit un telefon din partea mamei tale. Mi-a spus că nu reuşeşte să ia legătura cu tine. Nici Miriam nu ştia unde eşti. Ai idee cât de îngrijoraţi am fost cu toţii? îi zise el, privind-o serios.

— Ştiu şi îmi pare rău, dar am avut nevoie

să fiu singură, să mă gândesc... spuse Rose pregătindu-l pe el, dar şi pe ea, pentru cele ce aveau să urmeze.

— Să te gândeşti? Toată ziua şi fără să dai vreun semn nimănui? o întrebă el, iritat de uşurinţa cu care trata ea situaţia.

— Ştiu că nu am procedat corect, dar... vom vorbi mâine despre asta, nu pot acum. Tot ce vreau e să merg la culcare, spuse ea, îndepărtându-se de el.

— Asta e scuza ta ca să scapi de mine fără să-mi dai vreo explicaţie?

Nick se aşeză pe canapea şi o privi cu severitate.

— Nu e nicio scuză, Nick. Sunt foarte obosită şi ţi-am spus că vom vorbi mâine. Nu e ca şi cum nu ne-am mai vedea... îi zise, realizând cât de puternic o afecta gândul acela. Uneori am şi eu dreptul să fac lucruri iresponsabile. Oricum, cei mici au fost pe mâini bune, adăugă aşezându-se, la rândul ei, pe un scaun, dar neîndrăznind să-l privească.

— Aşa e, dar eşti bine? Te comporţi foarte ciudat, de parcă n-ai fi tu însăţi, îi spuse Nick ridicându-se de pe canapea şi venind lângă ea ca s-o ia de mână.

— Da... sunt bine. Nu înţeleg de ce faceţi atâta caz din faptul că mi-am dorit să fiu singură câteva ore. Cred că am dreptul ăsta, îi zise ea, defensivă.

— Da, dar e ciudat. Tu nu faci lucruri de genul ăsta, Rose. Ce e asta? o întrebă el referindu-se la vânătaia pe care i-o văzuse la gât.

În clipa aceea, Rose se mustră că nu-şi pusese o eşarfă. Nu suporta să mintă şi nu-i stătea în fire să facă lucruri impulsive, dar de data asta era necesar. Îşi luă mâinile din ale lui, de teamă ca el să nu-i vadă şi vânătăile de la încheieturi.

— Probabil a fost vreo insectă sau m-am lovit cumva, nu ştiu... răspunse, tresărind atunci când el îi atinse locul acela din zona gâtului. Nu e nimic, nu exagera, îi mai zise, trăgându-se câţiva centimetri mai înapoi.

— Înseamnă că a fost o insectă foarte mare, de ţi-a putut face aşa ceva. Te doare? o întrebă el, înduioşând-o cu grija lui, în ciuda sarcasmului primei replici.

— Nu... Poate doar puţin, cedă ea privirii lui insistente.

— Lasă-mă să văd, îi spuse el preocupat.

— Nu. Nu e nevoie, îmi va trece. Îi dăduse mâna la o parte.

Nick se ridică în picioare, uşor năucit de comportamentul ei.

— Trebuie să plec imediat. Am vrut doar să vin să văd dacă ai ajuns acasă. Deci... nu mă laşi să văd dacă eşti bine. Te comporţi ciudat... pot să fac asta cel puţin? îi zise el, apropiindu-se de buzele ei şi sărutând-o încet, luând-o în braţe.

Rose simţi în sărutul lui, pe lângă dorinţă, grija faţă de ea, iar asta o făcu să se lase în voia lui cel puţin câteva secunde, căci momentul fu întrerupt de frânturile de amintiri din orele trecute.

— Nick... e timpul... îi spuse, îndepărtându-se.

— Da, ştiu. Să nu mai faci asta, Rose. Să nu mai dispari aşa, îi zise el, lăsându-se condus până la uşă.

— Pa, Nick, ne vedem mâine, spuse Rose gândindu-se cu teamă la ziua următoare.

— Pa, Rose. Ai grijă de tine. A! Era să uit: mâine te aştept să sărbătorim împreună aniversarea mea. Nu am reuşit să te anunţ până acum. Te-am sunat, dar n-ai răspuns şi n-am putut da de tine toată ziua... îi spuse el calm, privind-o cu drag şi lăsând-o uimită, ca de fiecare dată.

— Şi tu să ai grijă, Nick... Voi fi acolo, reuşi ea să adauge.

Întoarsă în casă, îşi puse hainele în maşina de spălat. Când intră în sufragerie, o găsi pe Allison, care o aştepta.

— Mamă, ştiu ce vrei să-mi spui, dar nu acum, te rog...

— Nu am dreptul să te întreb unde ai fost? De când trebuie să mă prefac că nu observ starea în care eşti, în care erai atunci când ai intrat pe uşă? Ce se întâmplă, Rose? Tu nu eşti aşa, îi reproşă Allison, îngrijorată.

— Nu m-ai înţelege... Trebuie să dorm, mâine voi avea o zi grea.

Rose o sărută rapid pe obraz, după care merse în camera mamei sale, unde îi sărută pe copii, apoi se retrase iute în camera ei. În pat, făcu ceea ce-şi dorise cu ardoare întreaga zi: plânse până la epuizare, dorindu-şi ca tot ce trăise să fie doar un coşmar din care să se trezească repede.

Capitolul 13

În dimineaţa următoare, Rose merse la magazin şi-şi cumpără un telefon nou, o cartelă cu număr, dar şi un cadou lui Nick. Avea inima strânsă, fiindcă trebuia ca ziua de azi să fie ultima pentru ei doi. Mai trebuia să le explice decizia ei şi celor mici, lucru care de asemenea bănuia că îi va întrista.

Câteva ore mai târziu, verificându-şi corespondenţa, găsi un plic pentru ea. Îl deschise şi citi biletul din interior, scris cu litere decupate din ziar:

Azi, Rose. Azi te vei separa de Nick, vei reveni la spital şi, începând de mâine, vei redeveni a mea, aşa cum ai fost mereu. Tot mâine vei mer-

ge la poliţie şi vei renunţa la acuzaţiile împotri-
va mea. Nu mai amâna sau toţi cei dragi ţie vor
muri pe rând, unul câte unul. Nu uita că nu sunt
singur în toate astea. Timpul trece...

Rose citi biletul cu lacrimi în ochi. Nu-i ve-
nea să creadă că tocmai ei i se întâmplă acele
lucruri. Îşi dorise mereu să fie fericită şi iubită,
iar dintr-o dată toate dorinţele ei nu mai contau,
fiindcă trebuia să renunţe la ele de dragul celor
care contau cel mai mult pentru ea. Puse bile-
tul înapoi în plic şi-l duse în camera ei, într-unul
din sertarele noptierei. Merse apoi să se schim-
be pentru a pleca la Nick, acolo unde trebuia să
se prefacă, timp de câteva ore, că e bine, pentru
a nu-i strica ziua, pentru ca mai târziu să-i dea
vestea despărţirii lor.

Îl ura pe Edgar mai mult decât îşi putea ima-
gina. Se mai privise o dată în oglindă înainte de
a pleca. Rochia tricotată roşie îi punea în eviden-
ţă trupul armonios, părul lăsat pe umeri, dar şi
ochii căprui, în care se oglindea o tristeţe pe
care nu o putea ascunde.

O luă pe Allison şi plecară cu maşina. În
drum spre Nick, Allison încercă să afle ce se în-
tâmplă cu fiica ei, fără succes însă, căci mai mult
decât nişte răspunsuri monosilabice nu primi
de la ea. Opriră şi la Miriam, care era însoţită de
Tony. Miriam încercă aceeaşi tactică pe care o
folosise Allison, însă nici ea nu află mai multe.

Mai târziu, odată ajunşi la Nick acasă, îl felicitară cu toţii. Rose observă cu admiraţie cât de bine arăta el în pantaloni negri şi cămaşă albă. Venise rândul ei să-l felicite. Se apropie de el, conştientă de culoarea din obrajii ei, respirând cu dificultate din cauza privirii lui cercetătoare.

— Bine aţi venit! îi întâmpină el, zâmbindu-le amabil.

— La mulţi ani, Nick! îi ură Rose, apropiindu-se de el cu inima sfâşiată.

Îi întinse cadoul, un pacheţel frumos ambalat şi legat cu o fundă aurie.

— Mulţumesc, Rose.

Luă cadoul, îl puse pe masa din apropiere, după care o strânse în braţe şi o sărută în văzul tuturor. Sărutul fu scurt, dar intens, menit să-i amintească femeii din braţele lui cât de mult însemna pentru el.

Aplauzele şi strigătele vesele ale celor din jur îi făcuse să se oprească, privindu-se încă o dată înainte de a merge împreună, ţinându-se de mână, spre ceilalţi.

— Bună, copii, astea sunt pentru voi, le spuse Rose, dându-le celor mici jucăriile cumpărate pentru ei. Voia ca ei să aibă o mică amintire de la ea.

— Mulţumesc, Rose, îi spuse Lilly privindu-şi fericită păpuşa şi îmbrăţişând-o cu drag, lucru care o emoţionase pe Rose, care făcea eforturi să nu plângă.

O strânse în braţe pe fetiţă cu tot dragul, de parcă nu ar mai fi vrut să-i dea drumul, lucru pe care nu-i scăpă lui Nick.

Când Lilly plecă spre tatăl ei, veni rândul lui Michael să-i mulţumească pentru maşina de poliţie pe care o primise. O sărută rapid pe obraz, iar Rose îl prinse uşor de mână.

— Te rog, Michael, lasă-mă să te îmbrăţişez măcar o dată, îi spuse ea, ştiind că se poate aştepta la orice reacţie din partea lui.

Toţi îi priveau, oprindu-se din vorbit.

— Bine, dar să fie rapid. Nu-mi plac îmbrăţişările şi să ştii că te porţi ciudat. Nu mi-ai mai spus asta până acum, îi zise Michael, privind-o cu o duritate aparentă.

Rose încuviinţă din cap şi-l îmbrăţişă scurt, simţindu-se mulţumită şi cu atât, mai ales că el nu o îmbrăţişase la rândul lui, lăsându-se doar pentru scurt timp în voia ei. Făcuse un pas uriaş înainte în relaţia cu băiatul, iar asta o făcu să-şi şteargă iute lacrima care-i apăruse în ochi, fără ca el să observe. În jurul lor se făcu linişte, toată lumea amuţise, privindu-i cu atenţie. Michael se desprinse după câteva secunde din braţele ei, având un sentiment ciudat. Merse în grabă la Nick, aşezându-se lângă el. Rose îi urmă exemplul.

Nick îi privi cu atenţie pe cei doi, apoi îi invită pe toți în bucătărie, acolo unde s-au așezat la masă, servindu-se din preparatele culinare aburinde și gustoase. Glumele și veselia celor din jur ar fi acaparat-o pe Rose dacă nu ar fi fost cu gândul în altă parte.

În ritmul acesta al bunei dispoziții, orele trecură cu repeziciune până seara. Cu toții se ridicară și-și luară rămas-bun de la Nick, care le mulțumi că fuseseră alături de el în seara aceea.

— Vă mulțumesc tuturor pentru prezența voastră aici, dar mai ales ție, Rose. Vreau să știi că sunt fericit alături de tine, spuse Nick, sărutându-i mâna și privind-o cuceritor în aplauzele celor din jur, lucru care o surprinse pe Rose.

Nick îi făcea misiunea tot mai dificilă, constată Rose cu tristețe. Îi sărută pe cei mici de noapte bună, întrucât Nick urma să-i ducă la culcare, cerându-și iertare în gând de la ei pentru ceea ce va urma.

— Trebuie să-i duc acasă pe toți, dar mă voi întoarce. Avem niște lucruri de discutat, îi spuse Rose lui Nick, gândindu-se că nu făcuse ceva atât de dificil vreodată.

— Bine, am să fiu aici. Dacă nu ajungi în jumătate de oră, vin eu la tine acasă, îi spuse el îmbrățișând-o, fără a bănui zbuciumul ei interior.

— Nick... am să vin, serios... promise ea, uimită de reacția lui.

— Am vrut doar să mă asigur, îi zise el zâmbindu-i provocator, după care o sărută cu blândețe.

Felul în care Rose îi răspunse la sărut îl puse tot mai mult pe gânduri: nu-l mai sărutase atât de pasional până atunci, nu-i stătea în fire. Nu i se mai abandonase astfel și, dincolo de faptul că îi stârnise din nou dorința pentru ea atât de puternic, îl făcu să-și pună unele întrebări la care spera să obțină un răspuns cât mai rapid.

Se uită lung după ea cum pleacă alături de ceilalți, simțind că înseamnă tot mai mult pentru el, cu fiecare zi care trecea.

Mai târziu, Nick era în sufragerie, uitându-se la ceas. Mai erau cinci minute până când ea trebuia să revină sau ca el să plece să o caute acasă. Își luă geaca și cheile mașinii și merse spre ușă, hotărât să facă ceea ce îi spusese mai devreme. Când deschise ușa, Rose se afla în prag.

— Tocmai veneam spre tine, îi spuse, luând-o de mână și aducând-o în casă.

— Ți-am spus că mă voi întoarce, , îi spuse ea, simțindu-i trupul puternic lipit de al său.

Nu mai reuși să spună nimic, căci el începu să o sărute, împletindu-și mâinile cu ale ei. După câteva secunde, îi scoase geaca jos, continuând să o sărute cu o foame nestăvilită pe care nici el însuși nu și-o recunoștea. Îi săruta buzele, gâtul, dar și inima, cu buzele acelea blânde și pasionale, iar mâinile lui îi mângâiau brațele, abdomenul, făcând-o să-i simtă dorința.

Îi simțea corpul lipit de al ei în timp ce mâinile lui urcau spre partea laterală a sânilor ei. Amândoi respirau întretăiat atunci când ea îl opri din încercarea de a-i desface primul nasture al rochiei care îi acoperea formele ademenitoare. Rose plecă de lângă el, așezându-se pe canapea.

— Nick... nu de asta m-am întors... îi spuse ea, sfâșiată că trebuie să aleagă între dorința de a face dragoste cu el și ceea ce era obligată să facă. Își trecu mâna prin păr în timp ce îl urmărea cum vine și se așază lângă ea.

— Bine, dar nu vreau să cred că îmi vei spune ceva legat de ceea ce tocmai s-a întâmplat... rosti, făcând-o să roșească. Adică nu vreau să cred că te-ai simțit... amenințată în vreun fel, adăugă, privind-o cu dorință și remușcare în același timp.

— Nu... nu e vorba de asta, recunoscu ea, simțind încă senzația de căldură copleșitoare pe care i-o transmise Nick.

— Mă bucur. Acum spune-mi ce-ai vrut să-mi spui încă de ieri și n-ai reușit, îi zise Nick, încercând să-și recapete controlul.

Își simțea sângele curgându-i prin vene tot mai puternic, iar nevoia de ea îl cutremura.

Rose văzu stăpânirea de care dădea dovadă și îl aprecie pentru asta. Dacă nu l-ar fi oprit mai devreme, poate că ar fi ajuns să facă dragoste, iar atunci l-ar fi pus în pericol, lucru pe care nu și-l dorea. Știa că trebuie să-i spună cât mai repede sau îi va fi tot mai greu.

— Îmi dau demisia din funcția de bonă. Vreau să mă întorc la spital. De asemenea, mă despart de tine, rosti pe un ton foarte serios, urmărindu-i reacția.

Bineînțeles, fu una de surprindere, dar se așteptase la ea. Se ridică în picioare, pregătită să plece, dar fu prinsă în brațele lui, din spate.

— Nu. Nu poți să-mi spui așa ceva și să pleci ca și când aș fi un străin pe care de-abia acum l-ai cunoscut. Nu poți să-mi spui toate astea după ce mai devreme m-ai sărutat în felul ăla, Rose. Încă de ieri te porți ciudat, ți se întâmplă ceva, sunt sigur, dar nu pot să te ajut dacă nu-mi spui, iubito. Lasă-mă să te ajut, nu face asta. Nu ne face asta... îi spuse el, mângâindu-i brațele și făcând ca în ochii ei să apară lacrimi.

O întoarse spre el, privind-o cu atenție. Nu-i venea să creadă că femeia aceea dulce, care se purtase atât de frumos cu cei mici, dar și cu el, voia să plece brusc, ca și când nimic nu s-ar fi întâmplat.

— Dă-mi drumul, îi ceru ea, îndepărtându-se de el. Pur și simplu am ajuns la concluzia că așa e cel mai bine. Cel mai bine pentru mine, adăugă, simțind că tremură.

Nu putea să-l lase să se apropie de ea, fiindcă altfel nu ar fi reușit să facă ce trebuia.

— Bine, să admitem că aşa e. Vreau doar să-mi spui cum ai ajuns la concluzia asta. Cred că nici eu, nici cei mici nu ne-am comportat urât cu tine. Dă-mi un motiv, Rose. Nu cred că e atât de greu.

Nu-şi putea explica reacţia ei surprinzătoare.

— Nu mai am nimic de spus, Nick. Trebuie să plec,

Până şi pronunţarea numelui său îi dădea fiori prin tot corpul, atât de sensibil la tot ceea ce însemna el.

— Bine, se resemnă el. Un ultim lucru vreau să te rog...

— Ce anume? îl întrebă Rose întorcându-se din nou spre el, iritată de comportamentul lui. Se purta atât de frumos chiar şi acum, când ea îi făcea toate astea.

— Vreau să primeşti ceva din partea mea. E un cadou pentru tine, unul de despărţire, dacă vrei, îi zise Nick, scoţând o cutie din buzunar.

Rose nu se simţise niciodată mai prost ca în acel moment.

— Mulţumesc, îi spuse, după care se întoarse să plece.

— Vreau să-l deschizi, îi ceru Nick, privind-o cu tristeţe.

— Acum?.

Tot ce-şi dorea era să plece cât mai repede

de acolo, iar el făcea lucrurile tot mai grele.

— Da, zise el, cu hotărâre în voce.

— Bine, spuse ea, rupând ambalajul cutiei și deschizând-o. Înăuntru era un ceas atât de frumos, încât aproape că rămase fără aer privindu-l.

— Ce... vrea să însemne asta?

— Ceasul măsoară timpul, nu-i așa? De fiecare dată când îl vei privi, îți vei aduce aminte de ceea ce ar fi putut fi și nu ai vrut să fie, de timpul pe care l-am petrecut împreună și de cel pe care îl vei petrece departe de mine.

Rose nu mai spuse nimic. Nick îi puse ceasul la mână, atingând-o în treacăt, făcând-o să se înfioare. Aproape că nu mai putea să respire din cauza emoțiilor pe care încerca să și le reprime, iar când el se apropie de chipul ei, picioarele îi înțepeniră.

— Știi... încă mai simt mirosul meu pe pielea ta, la fel cum îți simt tremuratul, Rose. Dacă nu ai simți nimic pentru mine, nu ai avea reacțiile astea, iubito. Tot ce îți cer acum e să porți ceasul. Nu e o pretenție prea mare, nu-i așa? o întrebă el în șoaptă.

Rose nu mai putu scoate o vorbă. Îi făcu doar un semn aprobator din cap și se întoarse spre mașină, cu gândul că, dacă nu pleacă în clipa aceea de lângă el, cine știe ce se mai poate întâmpla.

Un singur lucru își permise Nick: o urmă

grăbit până ajunse lângă ea şi o întoarse din nou spre el, sărutând-o, ştiind că nu e pregătit să renunţe la ea. Se umplu din nou de gustul ei, făcând-o să-l simtă la rândul ei, nevrând să rateze ultima şansă de a o simţi aproape de el şi, poate, de a o face să se răzgândească în ultimul moment.

Când o eliberă din braţele lui, ea aproape că alergă până la maşină, în încercarea de a se îndepărta de el. Tremura toată când porni motorul, pentru a pleca în viteză apoi. Văzu în oglindă că el rămase în curte, în urma ei, iar asta o făcu să apese pedala de acceleraţie tot mai mult.

Plânse tot drumul. Nu se opri nici acasă, uşurată de faptul că mama ei dormea şi nu o vedea în felul acela. Se culcă, ştiind că nu va putea să adoarmă decât târziu în noapte.

La rândul lui, Nick deschise cadoul de la ea. Un zâmbet îi lumină chipul: în cutia primită de la ea se afla tot un ceas, foarte frumos, de altfel. Întins în pat, era conştient de faptul că nu va renunţa să încerce să o facă să se răzgândească. Instinctul îi spunea că se întâmplă ceva ciudat şi tocmai de aceea ştia că va acţiona în consecinţă.

Capitolul 14

În ziua următoare, Rose merse la secţie pentru a retrage acuzaţiile împotriva lui Edgar. Spera ca Nick să nu fie acolo, nu voia să-l întâlnească. Amintirea nopţii trecute încă o bântuia. Pe deasupra, avusese şi o discuţie contradictorie cu Allison, care îi spuse că va prelua ea funcţia de bonă a celor mici, ea discutând deja cu Nick despre asta, lucru care o îngrijora... Însemna să-i revadă pe copii, deci şi pe Nick. Chiar şi Miriam şi Tony o mustraseră pentru paşii făcuţi. Ziua aceea fusese plină pentru ea şi se simţea deja epuizată psihic. Numai Cedric reacţionase bine la vestea reîntoarcerii ei la spital.

Spre disperarea ei, la ora aceea a amiezii, Nick era la secţie împreună cu un coleg, pe care îl trimise cu nişte comisioane tocmai pentru a rămâne singur cu ea.

Rose se aşeză pe scaunul indicat de Nick, observând încă o dată cât era de atrăgător chiar şi atunci când făcea cele mai mici gesturi. Când o privi, îşi reaminti totul.

— Bună, Rose. Ce te aduce pe aici? Ţi s-a făcut dor de mine atât de repede? o întrebă el cu o urmă de sarcasm, în timp ce se aşeza pe scaun, mai mult pentru a-şi controla dorinţa de a o îmbrăţişa şi de a o săruta. Avea totuşi un zâmbet reţinut în colţul buzelor, fiindcă văzu că ea purta ceasul dăruit de el noaptea trecută.

— Bună ziua şi ţie, Nick. Mă aflu aici fiindcă vreau să retrag acuzaţiile formulate acum două luni împotriva lui Edgar, îi zise ea, sperând că vocea nu îi tremura.

Privirea lui Nick se schimbă dintr-una tandră într-una surprinsă, aproape violentă.

— Cum?! După tot ce mi-ai spus despre el, după tot ce a încercat să-ţi facă?

Vorbi pe un ton mai ridicat în timp ce se ridică de pe scaun şi-şi puse mâinile de-o parte şi de alta a biroului.

— Nu trebuie să dau explicaţii, o fac şi cu asta am încheiat orice discuţie, vorbi Rose pe un ton înţepat.

— Serios?

Nick veni de partea cealaltă a biroului, acolo unde se afla ea. Se propti de marginea lui, încrucişându-şi braţele şi aţintind-o cu privirea.

— Ce faci? îl întrebă ea, surprinsă de mişcările lui bruşte. Faptul că era atât de aproape o făcea să-şi impună să respire încet, ca el să nu observe cât de mult o intimida.

— Vreau să te aud mai bine, răspunse el, pe un ton voit inocent.

— N-ar trebui să îmi dai un formular sau ceva, ca să termin mai repede cu toate astea?

Nick merse până la un dulap și scoase niște hârtii.

— Uite formularul, îi zise,venind în spatele ei și atingându-i cu discreție umărul.

Parfumul ei feminin, subtil, îl făcea să simtă din nou cât de mult o dorește. Revelația acelui sentiment îl determină să meargă din nou în fața ei, sprijinindu-se de birou.

— Mulțumesc, spuse ea, încercând să-și recapete stăpânirea de sine. Poți să te dai la o parte, te rog? Trebuie să completez actele astea.

— Sigur, zise el zâmbindu-i, apoi se așeză pe scaun și o urmări concentrat cum scrie. Știi, Rose, azi am descoperit ceva interesant...

— Ce? îl întrebă ea cu un aer absent, fiind sigură că nu vrea decât să-i distragă atenția.

— Asta.

Rose înălță privirea din hârtii și îngheță. Pe birou, Nick așezase telefonul distrus de Edgar. Se afla într-o pungă transparentă.

— Știu deja că e al tău, am făcut verificările necesare. Întrebarea e: de ce se afla într-un depozit dezafectat de la marginea orașului?

Rose inspiră adânc. Habar n-avea ce să-i răspundă, totul devenise atât de întunecat dintr-o dată. Nu știa cum să iasă din beznă și, în același timp, să-i protejeze pe cei pe care îi iubea.

— Nu trebuie să spun nimic, declară pe un ton dur.

Vru să ia telefonul, dar el o împiedică.

— E al meu, dă-mi-l.

— Nu. Acest obiect va rămâne ca probă.

— Probă? Pentru ce?

— Pentru ceea ce va urma. Presimt că voi afla lucruri tot mai interesante, spuse Nick privind-o încruntat. De ce ai semnele astea în jurul încheieturilor, Rose?

O prinse de mâini, simțind că sângele îi pulsează tot mai puternic în vene. Gândul că cineva i-a făcut rău lui Rose îl umplea de furie.

— Dă-mi drumul, îi spuse ea, șocată. Nu ai dreptul să mă atingi și nici să mă ții așa!

Nick se ridică de pe scaun, roșu la față de furie. Veni lângă ea și o ridică de pe scaun, lipind-o de corpul său puternic.

— Poate că nu mai sunt iubitul tău, dar ca polițist am dreptul să-mi fac griji pentru tine și cred că am motive tot mai întemeiate pentru asta, îi zise el, apropiindu-se de buzele ei. Cine ți-a făcut asta, Rose? Spune-mi... numai așa te pot ajuta, iubito, adăugă, coborând tot mai mult vocea.

— Nick, nu... nu-mi face asta, nu pot. Te rog, stai departe de mine, așa e cel mai bine pentru toată lumea.

Rose tremura de teamă din cauza situației în care se afla, dar și fiindcă el ar putea să o sărute. Nu putea permite ca acest lucru să se întâmple, deoarece el avea puterea de a dărâma toate scuturile din jurul ei.

— Pentru toată lumea? La ce te referi? îi zise el, fulgerând-o cu privirea.

O dorea cu o intensitate care îl năucea, dar bănuia că îl minte, iar asta îl durea mai mult decât voia să recunoască.

— La nimic. Dă-mi drumul, te rog, nu mă mai întreba nimic. Vreau să plec, am terminat aici, îi zise ea, respirând tot mai greu.

— Tu poate ai terminat, dar eu nu, îi spuse el, sărutând-o tot mai dornic şi nestăpânit, gustând-o, hrănindu-se cu dulceaţa buzelor ei, simţind furtuna dorinţei din trupurile lor.

O simţea moale în braţele lui, iar asta îl înduioşa şi îl provoca în aceeaşi măsură. Rose îl respinse la început, ţinându-şi buzele strânse, dar cedă repede asaltului pasional, până când, aducându-şi aminte de Edgar, vraja se stinse.

— Am spus să-mi dai drumul, Nick!

Îi trase o palmă peste obrazul pe care l-ar fi mângâiat. Se smulse din braţele lui şi merse spre uşă.

Nick o privi surprins, dar îşi mângâie obrazul, având un zâmbet provocator în tot acest timp.

— Cel puţin ştiu că acolo, adânc în tine, există un vulcan care erupe în apropierea mea, îi spuse el, privind-o dezarmant de seducător în timp ce ieșea.

Puse într-un sertar formularul completat de Rose pentru retragerea acuzațiilor împotriva lui Edgar. Îl încuie, punând cheia în buzunarul de la cămașă, știind că va întârzia cât se poate de mult trimiterea actului și, implicit, eliberarea definitivă a lui Edgar.

Rose avea lacrimi în ochi. Le șterse repede. Cuvintele lui Nick îi creau o stare de neputință și suferință. Trebuia să admită că avea dreptate, oricât de nedrepte și urâte erau lucrurile în acel moment.

Ca o furtună, Nicole trecu pe lângă ea fără ca măcar să o salute, după care intră repede în biroul lui Nick. Rose ridică uimită din sprânceană, după care, ajungând la mașină, constată că nu are cheile. Erau în poșeta pe care o uitase în biroul lui Nick.

Se încruntă, furioasă pe ea însăși, după care se îndreptă din nou spre secția de poliție. Bătu ușor la ușă, dar, fiindcă nu i se răspunse, intră. Starea pe care o simțise mai devreme se adânci când o văzu pe Nicole în spatele lui Nick, masându-i umerii, lucru care nu părea să-l deranjeze deloc, chiar îi făcea plăcere, fiindcă îi zâmbi când o văzu intrând.

— Îmi cer scuze, am bătut la ușă, dar nu am auzit vreun răspuns. Mi-am uitat geanta aici, spuse Rose, încercând să ignore înțepătura pe care o simţea în inimă.

— Bine, îi spuse Nick cu seriozitate. Vru să se ridice de pe scaun, dar Nicole îl reţinu.

— Stai liniştit, eşti obosit... îi zise Nicole, apăsându-l uşor pe umeri, ca să rămână aşezat.

Rose îi privi în treacăt, îşi luă geanta de pe scaun, salută şi ieşi din birou cât mai repede, simţind nevoia de aer.

În maşină, se gândi la situaţia în care se afla. Era absurd să simtă ceva în legătură cu ceea ce văzuse, doar ea şi Nick nu mai erau împreună. Totuşi, o cuprinsese o senzaţie ciudată de dure-re când văzuse felul în care Nicole stătea lipită de Nick şi-şi ţinea mâinile pe el, ca şi cum i-ar fi aparţinut.

Odată ajunsă acasă, Rose îi văzu pe copii, care stăteau la masă în sufragerie, făcându-şi te-mele cu Allison. Cel puţin avea bucuria că ei se purtau la fel cu ea, înţelegând faptul că Rose îşi dorise să revină să lucreze la spital, iar pe mama ei o respectau.

Fu din nou îmbrăţişată de Lilly şi salutată de Michael, după care copiii se întoarseră la teme.

— Ştii, Rose, ne e dor să vii să ne vizitezi, îi zise Lilly cu drăgălăşenie.

— Nu pot, nu mai am timp, dar mă bucur să vă văd pe voi aici.

Se aşeză lângă ei şi-i ajută la teme, împreună cu Allison.

— Ştiu. Şi lui tati îi e dor de tine, să ştii. L-am întrebat de ce nu te convinge să fii din nou prietena lui şi a zis că este o decizie care îţi aparţine şi că nu te poate face să te răzgândeşti, rosti Lilly cu un glas răguşit, imitându-şi tatăl, spre amuzamentul tuturor.

Rose tresări la auzul cuvintelor fetiţei, oftând pentru o clipă. Se uită pe geam, pentru a-şi ascunde trăirile faţă de mama ei, care o studia.

— Lilly, taci. N-ar trebui să spui toate astea, îşi certă Michael sora, vizibil iritat.

— De ce nu? Doar zic adevărul, protestă micuţa, care nu înţelegea de ce fratele ei îi vorbeşte astfel.

— Fiindcă nu trebuie să ne băgăm în treburile adulţilor.

— Haideţi să revenim la teme, copii, le ceru Allison.

— Merg să mănânc ceva, spuse Rose ridicându-se de pe canapea şi pornind spre bucătărie.

După aproximativ jumătate de oră, plecă la spital. Fiind medic pediatru, avea în unele zile mai mulţi pacienţi, iar în altele se ocupa cu alte activităţi.

Veneau la el mai multe tipuri de copii: unii erau cuminţi, ascultându-i indicaţiile, alţii, mai răsfăţaţi. Încerca să-i facă pe toţi să reacţioneze pozitiv la ceea ce le spunea şi le făcea. Stând în cabinetul ei, îşi aminti cum, într-o zi, convinsese o fetiţă să stea cuminte în timp ce-i făcea un vaccin. Îi spusese că o va răsplăti cu o bomboană pe care o primesc doar cei cuminţi. Nici acum nu uitase zâmbetul fetiţei atunci când primise bomboana. Uneori avea şi cazuri mai dificile sau imposibil de vindecat, simţind o povară greu de dus atunci când trebuia să le spună adevărul părinţilor. În alte zile, când avea un program mai lejer, îl asista pe Cedric la operaţii, el fiind chirurg, iar ea, dornică să afle şi lucruri cu care se confrunta colegul ei zi de zi.

Cedric era un coleg foarte bun, pe care putea conta în orice moment, şi îi era recunoscătoare că o făcuse să se simtă binevenită în spitalul al cărui manager era în prezent. El îi organizase chiar şi o mică petrecere de bun-venit în ziua în care revenise, lucru care o bucurase şi o încurajase. Un singur lucru trebuia să evite: să intre în depozitul de medicamente, doar ea şi Cedric cunoscând motivul. De câte ori avea nevoie de ceva de acolo, trimitea pe altcineva, de regulă, o asistentă.

De când se despărţise de Nick, Edgar o mai contactase uneori prin telefon, dar nu pe acela pe care şi-l cumpărase. Îi trimisese un colet în care era un telefon la care vorbea doar cu ea, şantajând-o în continuare să se întâlnească cu el. Încă nu făcuse acest lucru şi Edgar îi spusese că-şi pierdea răbdarea în curând dacă nu va accepta să fie iubita lui în mod public, cât mai repede.

Nişte bătăi în uşă o făcură să tresară uşor.

— Intră.

— Bună, Rose. E o urgenţă, poţi veni să mă ajuţi? o întrebă Cedric, stând în pragul uşii.

— Sigur că da, vin acum.

Rose îl însoţi imediat. Mergeau amândoi în ritm alert, pregătindu-se psihic pentru cazul respectiv. Odată ajunşi la urgenţe, zăriră de la distanţă pe targă o femeie tânără, care avea bandaje la încheieturile mâinilor. Cedric fu primul care ajunse la ea şi începuse manevrele de resuscitare, întrucât tânăra nu avea puls.

Rose avu un şoc când ajunse la targă şi . Întinsă fără suflare, pe ea se afla Nicole care, în mod evident, încercase să-şi ia viaţa.

Cedric remarcă obrajii lipsiţi de culoare ai lui Rose.

— Ce se întâmplă, o cunoşti? o întrebă el, privind-o cu atenţie.

— Da, adică ştiu doar cine e, atât... răspunse Rose, încercând să-şi păstreze stăpânirea de sine.

Nu o îndrăgea pe Nicole din cauza comportamentului ei nepotrivit, dar nici nu-i dorea rău. Amândoi începură manevrele de resuscitare, reuşind cu greu să-i restabilească pulsul, însă Nicole nu deschise ochii. O mutară într-un salon, urmând să fie monitorizată de aparate.

— Cine e pacienta? o întrebă Cedric curios.

— E cumnata lui Nick, mătușa celor mici, spuse Rose, încă surprinsă.

— Ar trebui să-l anunți. Sau preferi s-o fac eu?

— Nu. E în ordine, îl sun imediat din birou, spuse Rose și plecă.

Cedric o examină cu atenție pe tânăra întinsă în pat, întrebându-se ce motiv avusese pentru a recurge la un asemenea gest.

Capitolul 15

În seara aceea, Miriam stătea în brațele lui Tony, vizionând un film. Era o comedie romantică, ce le aduse zâmbetul pe buze amândurora.

Când se termină filmul, Tony își concentră atenția asupra ei, jucându-se cu părul ei blond.

— Știi ceva, blondino? Mă bucur că ești iubita mea... îi zise el, privind-o cu drag.

— Știi ceva, blondule? Și eu mă bucur că ești iubitul meu, îi spuse ea, mângâindu-i obrazul.

Îl iubea mai mult decât putea să-i spună și era fericită, fiindcă de când erau împreună, Tony nu mai avea ochi decât pentru ea, iubind-o și respectând-o.

El o privi şi o sărută cu pasiune, simţind până în vintre dorinţa care îl copleşea.

Îşi înlănţui braţele în jurul ei, în timp ce buzele lui le devorau pe ale ei, coborând apoi pe pielea moale a gâtului.

Miriam îl îmbrăţişă la rândul ei, bucurându-se de ceea ce îi oferea.

La un moment dat, Tony se opri numai pentru câteva secunde, cât să-i spună privind-o cu drag:

— Blondina mea frumoasă, te doresc...

— Ştiu... şi eu te doresc, dar... se oprise ea, privindu-l cu timiditate.

— S-a întâmplat ceva? o întrebă el privind-o curios.

— Nu, doar că eu nu cred că sunt destul de bună pentru tine...

Miriam coborî privirea, simţindu-şi bătăile inimii tot mai accentuate. Se temea de o eventuală respingere din partea lui.

— Destul de bună pentru mine? De unde ai scos asta?

— Tony, nu înţelegi? Încerc să-ţi spun că eu... n-am mai făcut asta.

Miriam roşi violent. Rareori mai fusese atât de ruşinată ca în momentul acela. Tony îi sărută mâinile, punându-le apoi pe pieptul său.

— Miriam... blondino... să nu mai spui niciodată că nu eşti destul de bună pentru mine. Din contră, eşti chiar prea bună, iar asta... mă năuceşte şi pe mine. De ce? o întrebă el simplu, cu o tandreţe în glas care o topea.

— Fiindcă... oricât ar suna de nebunesc... mereu mi-am dorit să fac asta cu tine. Ştii că am mai avut prieteni, dar nu am putut să ajung până acolo cu ei. Tu nu poţi înţelege asta, fiindcă eşti bărbat şi pentru tine lucrurile astea sunt mai simple...

— Şşş... îi puse el un deget pe buze pentru a o opri din vorbit. Mai simple? Crezi că ceea ce urmează să fac e simplu şi uşor pentru mine? Te înşeli, blondino. Lucrul ăsta mă face să privesc situaţia noastră cu mai multă responsabilitate. Vreau doar să mă asigur că eşti sigură de... asta... dar şi de ceea ce simt pentru tine. Nu eşti un joc pentru mine, Miriam.

— Sunt sigură... spuse ea privind în altă parte.

El îi luă capul în mâini şi o făcu să-l privească.

— Miriam, ascultă-mă. Dacă... te răzgândeşti, trebuie doar să-mi spui, bine? Vreau să ai încredere în mine, blondina mea frumoasă, îi zise mângâindu-i obrazul, în timp ce ea făcuse un semn aprobator din cap.

Miriam simţise apoi cum el se apropie încet de buzele ei, abia atingând-o, după care o lipi de corpul lui puternic, îmbrăţişând-o atât de tandru şi de senzual în acelaşi timp. Buzele lui puseră apoi stăpânire pe buzele ei, făcând-o să se simtă iubită şi dorită, adică exact aşa cum îşi dorea să fie.

Tony îşi scoase încet cămaşa. O săruta pe Miriam luând tot mai mult din ea, din gustul ei, din temerile ei. Tot mai pasional, îşi strecură degetele pe sub bluza ei, simţindu-i pielea moale şi catifelată a abdomenului.

Miriam tresări uşor atunci când el găsi drumul spre sânii ei, potrivindu-i în palme. Îi scoase bluza şi îi sărută sânii până ajunse la sutienul pe care i-l scoase la fel de uşor. Ea se lipise de bustul lui, din dorinţa de a se apăra de privirea lui cercetătoare.

— Eşti frumoasă, blondino, îi spuse el mângâindu-i spatele, conştient de starea ei tensionată. Trebuia să-şi reţină propriile impulsuri pentru a o face să-l dorească. Miriam îi zâmbi, în timp ce cu o mână, Tony îi mângâia chipul.

— Şi tu eşti frumos, îi întoarse ea complimentul, respirând puţin mai greu din cauza valului de dorinţe pe care i le stârnise.

Tony o luă în braţe şi o aşeză pe pat, după care se dezbrăcă de blugi, rămânând în boxeri. Veni deasupra ei, sărutând-o cu tandreţe în timp ce îi scotea blugii.

Miriam rămase astfel în lenjerie intimă, văzând cum privirea lui alunecă pe trupul ei. Reacţia lui o intimida şi îi făcea plăcere în acelaşi timp, fiindcă păru atât de captivat de ea în timp ce îi luă din nou în posesie buzele. Degetele lui o mângâiau în feluri care îi stârneau o căldură mistuitoare, căldură pe care o simţea în fiecare fibră a trupului. În timp ce buzele lui coborau pe gâtul ei, sărutând-o, mâinile lui îi mângâiau sânii, făcând-o să respire tot mai greu. Îi simţea corpul masiv lipit de al ei, însă nu o deranja.

Îşi dorise atâţia ani să-l simtă, încât i se părea că trăieşte un vis în acele momente, un vis care ar fi vrut să nu se mai termine vreodată.

Avea să-i arate că e mai curajoasă decât părea la prima vedere, se gândi ea, în timp ce Tony îi cuprindea talia cu mâinile. Atunci când el îi luă sânii în palmele lui, mângâindu-i şi sărutându-i, se cutremură de-a dreptul, atât de senzaţia fizică, dar şi de tandreţea din fiecare gest de-al lui. Senzaţii necunoscute până atunci coborâră spre abdomenul ei, simţind că se topeşte tot mai mult în braţele lui.

Tony îşi linse uşor buzele, urcând din nou spre buzele ei, sărutându-le. Îşi împleti o mână cu o mână de-a ei, în timp ce cu cealaltă găsi calea spre coapsele ei. O mângâie îndelung, tandru şi provocator în acelaşi timp, stârnind o furtună în interiorul ei, furtună pe care nu ştia că o are. Ştia că e pregătită pentru el, însă voia să-i ofere mai mult, tot mai mult. Voia s-o umple de plăcere şi s-o facă să-l dorească din toată fiinţa ei atunci când urma să-şi găsească locul în adâncul ei, dar şi împlinirea alături de ea.

Timiditatea făcea loc încet-încet dorinţei tot mai mari pe care Tony reuşea să i-o inducă prin sărutările şi mângâierile cu ajutorul cărora îi copleşea toate simţurile.

— Cum... cum poţi să-mi faci toate astea? îl întrebă Miriam în şoaptă, în timp ce el îi scoase şi ultima piesă de lenjerie, mângâind-o din nou în locul acela fierbinte dintre coapsele ei, făcând-o să geamă uşor.

— E în ordine să te simţi aşa, doar bucură-te de asta, blondina mea... îi zise el drept răspuns, zâmbind, după care coborî de-a lungul abdomenului ei umplând-o de sărutări, continuând astfel şi când ajunse unde îşi dorise.

Miriam gemea uşor şi strângea pătura în palme, lăsându-se în voia lui Tony şi a tot ceea ce putea el să-i facă.

Tony îşi scoase boxerii, simţind că se apropia momentul mult aşteptat. Numai pentru ea prelungise totul cât putuse de mult, însă dorinţa creştea în fiecare secundă, curgându-i prin vene. O sărută, privind-o cu o intensitate care o uimea, trecându-şi o mână prin păr, înainte de a veni cu totul deasupra ei.

— Miriam, blondina mea frumoasă... lasă-mă să te am, să te simt... am nevoie de asta, am nevoie de tine... îi zise el cu glasul răguşit de dorinţă.

— Dar nu... nu te opri... şi eu am nevoie de tine, frumosul meu, îi spuse Miriam, simţind tot mai intens nevoia de el.

Tony zâmbi, urmându-i indicaţia întocmai, nu fără o undă de regret însă. Ştia că îi face rău într-un fel şi asta nu-l făcea să se simtă bine. O săruta neîntrerupt, acoperindu-i suspinul, în timp ce îşi găsea locul în ea, încet, fără grabă, lăsând-o să se obişnuiască, până când grăbi ritmul, conducând-o pe aripile plăcerii.

Miriam simţi cum devine o femeie împlinită alături de Tony, care o săruta fără oprire. El făcea ca toate temerile ei să dispară, să simtă că e alături de ea.

Tony îi şopti numele în acele momente ale plăcerii supreme care îi învăluia, ştiind că nu se va sătura să o simtă în felul acela, atât de intim. Miriam îi aparţinea, dar el ştia, atunci mai mult ca oricând, faptul că şi el, la rândul lui, era numai şi numai al ei.

Câteva minute mai târziu, Tony era lângă ea, îmbrăţişând-o şi sărutând-o uşor, ştergându-i lacrimile.

— De ce plângi, blondina mea frumoasă? Nu-mi spune că regreţi... îi zise el privind-o, cuprins de remuşcări.

De data aceasta, fusese rândul ei să-i acopere buzele.

— Nu mă lua în seamă, e doar fericirea de a fi făcut dragoste cu tine, cu cel la care am visat atât de mult... îi zise ea, fericită şi emoţionată. Asta... ce s-a întâmplat între noi... înseamnă foarte mult pentru mine, Tony.

— Mă bucur că simţi asta, şi eu simt la fel, dar opreşte-te, te rog. Nu mă simt bine să te văd aşa, nu vreau să lăcrimezi. Miriam... trebuie să ştiu... eşti bine? o întrebă cu o tandreţe înduioşătoare, privind-o preocupat.

— Sunt bine... îi spuse ea, privindu-l cu toată dragostea pe care i-o purta.

Tony o îmbrăţişă, bucurându-se de senzaţia pe care i-o oferea trupul ei lipit de al său, închizând ochii şi adormind aproape imediat, sub privirile amuzate ale femeii de lângă el, care închise ochii, încercând să adoarmă la rândul ei.

*

Rose intră în biroul ei cu gând să-l sune pe Nick. Trebuia să-l anunţe despre starea cumnatei lui, indiferent de situaţia lor. Închise uşa, după care vru să se aşeze pe scaun, însă fusese imobilizată de nişte braţe puternice. O mână îi acoperi buzele, iar o alta o cuprinse de talie.

— Nu ţipa, dacă nu vrei să mă superi, îi şuieră Edgar cu glas tăios în ureche. Edgar îi eliberă apoi buzele, scoţând un cuţit din buzunarul hainei şi ţinându-l lipit de ea.

— Bine, bine, nu ţip, dar dă-mi drumul. Am ceva urgent de făcut, te rog, este vorba despre o pacientă. Trebuie să-i anunţ rudele, îi spuse, retrăind sentimentul acela oribil de nelinişte şi groază pe care-l avea în preajma lui.

— Orice poate aştepta. În primul rând, noi doi trebuie să vorbim. Ai făcut ce ţi-am spus, ai renunţat la acuzaţiile împotriva mea? o întrebă el atingându-i pielea obrazului cu buzele.

— Nu mă atinge! Da, am făcut-o, aşa cum am făcut şi celălalt lucru pe care mi l-ai spus: m-am despărţit de Nick, zise ea, simţind valul de rău fizic care o cuprindea fiindcă el o ţinea în braţe.

Ura faptul că Edgar o ţinea strâns lipită de el, iar ea nu putea să facă nimic în privinţa asta. Şi-ar fi dorit atât de mult ca Nick să fi fost acolo, s-o ia din mâinile lui Edgar, dar acest lucru era imposibil.

— Foarte bine, aşa te vreau, ascultătoare şi supusă. Abia aştept să te simt la fel şi în pat, lucru care se va întâmpla foarte curând, Rose.

Rose înghiţi cu greu, oripilată de gândurile lui.

— Dă-mi drumul, te rog. De ce ai venit? Oricine poate intra aici şi te poate descoperi, îi spuse ea, încercând să-l sperie.

— Nu există riscul ăsta. Şi, dacă intră cineva,

tu vei recunoaşte, în sfârşit, că suntem iubiţi, fi-
indcă eu voi avea deja arma ascunsă. Sigur, unii
vor fi şocaţi, dar nu contează. Tu eşti doar a mea,
Rose şi nu voi mai lăsa ca un alt bărbat să se uite
la tine. Sau să te aibă, aşa cum a făcut-o ticălosul
de Nick. Spune-mi, chiar l-ai lăsat să te sărute, să
te atingă, să te facă a lui? Nu te-ai gândit la mine
în clipele alea? Ştiu că nu m-ai putut uita, Rose,
iar ca o femeie sensibilă ce eşti, în mod sigur ţi-
ai amintit ce bine ne-am simţit în noaptea aceea
în depozitul de medicamente. Nu-i aşa că ţi s-a
făcut teamă şi nu l-ai lăsat pe Nick să pună mâna
pe tine?

Rose strânse din pleoape pentru a încerca
să alunge tot ce ţinea de Edgar, îngrozită de felul
în care acesta putea să-i intuiască stările interi-
oare. Panica puse din nou stăpânire pe ea, deşi
ura să se simtă lipsită de apărare. Se zbătu în
braţele lui.

— Lasă-mă! Şi, dacă tot vrei să ştii, află că eu
şi Nick am fost împreună de multe ori şi nici mă-
car o singură dată nu m-am gândit la tine, ticălos
ce eşti! minţi ea, vrând să-l enerveze, sperând să
plece şi s-o lase în pace.

Lama cuţitului o înţepă puţin în zona coas-
telor, făcând-o să strângă din dinţi.

— Nu-i nimic, de data asta te voi avea ori-
cum, chiar aici, şi crede-mă că te vei gândi doar
la mine în timp ce îţi fac toate acele lucruri pe

care nu ţi le doreşti din partea mea, îi zise Edgar nervos, încuind uşa, ţinând-o cu o mână lipită de el. Când am să termin cu tine, nu-ţi vei mai dori să fii atinsă de vreun alt bărbat vreodată, îţi garantez. Am vrut să o fac puţin altfel de data asta, dar m-ai enervat atât de tare încât nu mă mai pot stăpâni.

Deşi Rose se zbătu, Edgar îi puse un căluş la gură, după care îi legă mâinile şi o lipi de perete. Rupse halatul de pe ea, începând să o sărute pe gât cu furie. Voia s-o aibă şi s-o pedepsească pentru că i se dăruise lui Nick. Gândul acela îl umplea de ură. Rose era doar a lui şi a nimănui altcuiva.

Îi tăie bluza, savurând groaza pe care o vedea în ochii ei. Ştia că-l roagă din priviri să nu-i facă rău, iar asta îl bucura. Voia s-o aducă la limita disperării şi s-o facă să plătească pentru refuzurile ei constante. Începu să-i mângâie trupul, iar când Rose reuşi să se ferească pentru câteva secunde din calea lui, o prinse din nou şi aproape o trânti pe birou, încercând să-i rupă şi blugii de pe ea.

— A sosit momentul să plăteşti pentru tot ce mi-ai făcut, Rose. Pentru toate refuzurile tale, pentru toată indiferenţa ta. Nu-ţi face griji, totul va fi rapid şi dureros, foarte dureros, iar eu voi savura asta, îi zise el privind-o cu satisfacţie, în timp ce-i rupse nasturele de la blugi.

Rose se ridică de pe masă, încercând să-l lovească în plex cu piciorul. Edgar îi sesiză intenția și veni în spatele ei, plimbându-i cuțitul de-a lungul abdomenului.

— Dacă mai faci asta, am să-ți arăt exact câte lucruri pot să fac cu el, o amenință Edgar în timp ce-i atinse cu lama sânii protejați de sutienul care mai reprezenta o barieră inofensivă în calea lui. Nu respira prea adânc, Rose, doar nu vrei să te tai din greșeală, adăugă el râzând, în timp ce cu cealaltă mână îi mângâia abdomenul, pregătindu-se să o atingă mai mult.

Rose tremura din toate încheieturile. Niciodată, dar niciodată nu mai trecuse prin astfel de chinuri insuportabile și jenante. Își simțea corpul pur și simplu profanat de atingerile lui oribile. Edgar o ridică de pe masă și o ținu cu spatele la el, încercând să-i dea blugii jos.

— Am să te fac să țipi, Rose, îi zise el cu glas tăios, râzând necontrolat, făcând-o să plângă de frustrare și de neputință.

— Ai să mori încercând, Edgar! Dă-i drumul sau nu răspund de faptele mele!

Vocea lui Nick se auzi ca un tunet în timp ce ușa cabinetului se prăbuși la pământ.

Nick intră cu arma în mână, pregătit să ucidă. Aproape că nu mai putea gândi limpede după câte auzise. Văzând-o pe Rose într-o stare deplorabilă, cu hainele rupte, cu o privire mai mult decât îngrozită, ostatică în brațele lui Edgar, i se întunecă judecata. Respira greu, ca și cum ar fi alergat, observă Rose în sinea ei.

— Ușor, domnule polițist, sau fata moare. Care e problema, ne distram și noi... îi zise Edgar ironic, ținând-o strâns în brațe pe Rose.

— E ultimul avertisment, Edgar. Dă-i drumul sau trag! spuse Nick cu glas ferm, privindu-i cu atenție pe amândoi.

Nu voia să riște să tragă în Rose în loc să-l nimerească pe Edgar, iar asta îi îngreuna respirația.

Edgar înaintă ușor, folosind-o pe Rose drept scut, știind că e singura lui scăpare. Nick nu va trage atât timp cât o avea lângă el.

— Mă lași să plec sau moare și ea împreună cu mine. Nu vrei asta, nu-i așa, Nick? îl întrebă Edgar, convins că are un avantaj asupra lui.

— Las-o să plece și nimeni nu va păți nimic, îi zise Nick, ajuns la capătul răbdării.

Simțea că e în stare să-l ucidă cu sânge rece pe Edgar, deși latura de polițist nu i-o permitea.

În fața ușii apăru și Cedric, care rămase uimit văzând ce se întâmplă. Venise doar să verifice dacă Rose îl sunase pe Nick în legătură cu Nicole.

— Rose! Edgar, las-o în pace, ticălosule! Ce cauți aici? îl întrebă el, simțind cum se înfurie.

— Cedric, pleacă de aici, du-te undeva unde

poţi să fii în siguranţă, îi zise Nick, aruncându-i o privire. Citi îngrijorare pe chipul tânărului medic, dar nu-l putea lăsa să stea acolo.

— Nu plec până nu o văd pe Rose în siguranţă, Nick, îi zise Cedric hotărât.

Nick cedă, văzând că nu-l poate convinge să plece. Spera doar ca lucrurile să nu se înrăutăţească.

— Nu încercaţi vreo şmecherie, băieţi. Nu voi ezita s-o tai, dacă nu ne lăsaţi să plecăm, zise Edgar cu o strălucire triumfătoare în ochi, văzându-se deja câştigător.

Rose mai înaintă câţiva paşi împreună cu Edgar, după care făcuse ceva riscant, dar necesar. Nu concepea să iasă din spital la braţul lui Edgar, apoi el să continue ceea ce începuse chiar acolo, în biroul ei.

Îl lovi pe Edgar cu piciorul în genunchi, făcându-l astfel să-şi piardă echilibrul, în timp ce glonţul armei lui Nick răsună puternic, rănindu-l pe Edgar. Rose fugi lângă Nick, care se dezbrăcă de geacă, acoperind-o.

— E bine, totul va fi bine acum, iubito, o linişti, tăindu-i legăturile de la mâini cu un bisturiu pe care i-l dăduse Cedric. Hai să te duc de aici, nu ai de ce să mai rămâi.

Cedric verifică pulsul lui Edgar, însă acesta era deja mort.

Rose îşi înghiţi lacrimile, în timp ce trase

fermoarul gecii lui Nick, inspirându-i aroma masculină, protectoare.

— Nick, am eu grijă de ea, îi zise Cedric, venind lângă ei.

— Nu-mi sta în cale Cedric, îl repezi Nick, luând-o pe Rose în braţe şi mutând-o într-un salon gol. Eşti bine, iubito? Spune-mi că eşti bine... stărui el, îmbrăţişând-o şi realizând că ea era aproape în stare de şoc.

— Da... acum da... îi răspunse ea, acoperindu-şi chipul care exprima atâtea stări sufleteşti negative.

— Revin imediat, trebuie să-i anunţ pe colegii mei despre ce s-a întâmplat. Stai aici, mă voi întoarce, îi zise el, privind-o cu atenţie, sperând că-l va asculta.

Nick ieşi, făcând foarte repede procedurile care trebuiau urmate, vrând cu nerăbdare să se întoarcă la Rose.

— Ai nevoie de ceva, pot să te ajut cumva? îl întrebă Cedric, venind lângă el.

— Va trebui să dai nişte declaraţii colegilor mei, după care, până mă întorc eu cât pot de repede, te vei asigura că nimeni nu o deranjează pe Rose. Am pus deja pe cineva în faţa uşii salonului, dar tu, în calitate de medic, vei verifica dacă e bine. Ai grijă de ea până mă întorc, rosti Nick pe un ton care nu admitea contraziceri.

— Aşa voi face, promise Cedric, după care

merse să dea declarație.

Nick nu știa cum ajunse acasă atât de repede. Conduse mai rapid ca de obicei. Cei mici rămâneau peste noapte la Allison, deci era singur acasă. Luă niște haine, după care plecă la spital, simțind că nu mai ajunge odată. În salonul în care se afla Rose, Cedric era lângă ea, consultând-o.

— În ce stare e? îl întrebă, văzând că ea abia răspundea la întrebări.

— Din punct de vedere fizic, e bine, dar trebuie să-și revină. După cum ai văzut, a avut parte din nou de un șoc din cauza lui Edgar. I-am dat un calmant, asigură-te că se odihnește și nu cumva să o văd mâine pe aici, îi spuse Cedric, privindu-l preocupat, după care îi lăsă singuri, interpretând corect privirea lui Nick.

Nick o privise atent, ca și cum ar fi vrut să observe orice i-ar fi dat ea de înțeles. Se apropie încet de ea, întinzându-i hainele pe care i le aduse. Ar fi îmbrățișat-o și-ar fi sărutat-o, dar știa că încă nu putea să facă asta.

— Ar trebui să te îmbraci cu astea, nu poți ieși așa de aici. Te aștept afară, îi zise.

Se postă în fața ușii, răsuflând cu greutate. Îl eliberă pe colegul său, spunându-i că nu mai era nevoie să rămână acolo.

Un alt coleg de-al lui se apropie de el, punându-i câteva întrebări, la care Nick răspunse repede, spunând că va da mai multe explicaţii în ziua următoare.

— Ar trebui să-i adresez şi ei câteva întrebări referitoare la ce s-a întâmplat, îi atrase atenţia acesta cu o expresie serioasă.

— Mâine, Zach, repetă Nick, pe un ton categoric.

Zach înţelese şi plecă. Uşa se deschise încet, iar Rose apăru pe culoar îmbrăcată cu hainele pe care i le aduse el, într-o stare care nu era cu mult diferită de cea de acum câteva minute.

— Vii cu mine, Rose. Acum, îi zise el, luând-o de braţ, nelăsându-i timp să gândească, să protesteze.

În maşină, Rose întoarse capul spre el la un moment dat

— Nick... nu pot să merg acasă...

— Nici nu vei merge acolo. Vii la mine acasă, îi spuse el privind-o cu hotărâre. Cei mici sunt cu Allison, aşa că putem sta liniştiţi.

Rose înghiţi cu greu, dar nu mai spuse nimic. Era sub efectul calmantului dat de Cedric şi i se făcea tot mai somn, în timp ce imagini recente îi reveneau în minte.

Odată ajunşi acasă la Nick, după ce acesta parcă maşina, deschise portiera din partea ei şi o luă în braţe ca pe un copil, ducând-o în casă. Ea nu mai avu puterea să protesteze. O duse în dormitorul lui, o aşeză pe pat şi o acoperi cu plapuma. Părăsi apoi încăperea, lăsând-o pe Rose aproape adormită. Reveni destul de repede, aducându-i un ceai, în speranța că o va ajuta să se simtă puțin mai bine.

Ceașca de ceai i se păru lui Rose mai grea decât ar fi trebuit. Fata începu să bea, încercând să-și golească mintea de gânduri. Nick se așeză pe marginea patului, privind-o preocupat. Avea atâtea să-i spună, însă știa că nu e momentul potrivit.

La un moment dat, Rose rupse tăcerea.

— Cum ai ajuns acolo? îl întrebă, realizând cât de norocoasă fusese.

— Nu acum, Rose. Bea ceaiul ăsta și dormi, e tot ce trebuie să faci în noaptea asta, îi zise, mângâindu-i ușor mâna, gest pe care, din fericire, ea nu i-l refuzase.

Merse apoi să facă un duș revigorant, simțind că avea nevoie de asta, după ziua grea pe care o avusese.

Câteva minute mai târziu, Rose lăsă ceașca goală pe noptieră, apoi se întinse în pat, încercând să adoarmă. Când simți că Nick se așază lângă ea, tresări și se întoarse brusc spre el.

— Nu te las singură în noaptea asta, Rose, îi zise Nick serios, rămânând pe marginea patului. Vezi, nu te iau în brațe, dar rămân aici și nu am de gând să plec nicăieri, așa că ar fi mai bine să dormi. Trebuie să te odihnești, adăugă el cu glas blând, liniştitor.

Rose oftă, dar ştia că nu era în stare să discute cu el pe tema asta, aşa că se întoarse cu spatele şi închise ochii, rugându-se să adoarmă cât mai repede. Nu voia decât să doarmă. Să doarmă şi să uite...

Mai târziu în noapte, când Nick o auzi plângând, o luă în braţe, încălcându-şi cuvântul dat. O îmbrăţişă şi o întoarse spre el, sărutând-o pe frunte şi mângâindu-i părul, încercând să o liniştească şi să o aline.

Capitolul 16

În dimineaţa următoare, Cedric se afla în salonul lui Nicole, după ce vizitase în prealabil alţi pacienţi. Îi verificase din nou funcţiile vitale, care erau în regulă. La un moment dat, în timp ce era atent la monitoare, auzi un icnet slab. Se întoarse spre ea şi văzu că are ochii deschişi.

— Bună dimineaţa, te-ai trezit? o întrebă el zâmbindu-i, încercând să-i dea o stare cât mai bună. Îi remarcă albastrul ochilor, o culoare senină ca a cerului lipsit de nori.

— Unde sunt? Întrebă Nicole, la rândul ei, încruntându-se din cauza durerii.

— La spital. Linişteşte-te, te vei face bine, îi

zise el, luând-o de mâini, fiindcă ea încercase să se ridice.

Nicole își privi încheieturile bandajate și-și aminti de ceea ce făcuse. Jena, dar și ura o cuprinseră din nou.

Cedric îi dădu drumul, observând umbra care i se așternuse pe chip.

— Ai nevoie de câteva zile de refacere, apoi vei putea pleca acasă, îi spuse el, răspunzându-i la întrebarea nerostită din priviri.

— Nu pot să plec acum? îl întrebă Nicole tăios.

— Nu, răspunse el, reținându-și cu greu zâmbetul. Știi, trebuie să te întreb...

— Nu. Nu o face, nu e treaba ta, îi spuse ea privindu-l cu hotărâre.

Cedric îi simți gheața din priviri, gheață care ascundea, de fapt, vulnerabilitate, putea să parieze.

— Bine, atunci înseamnă că nu te va deranja să-i sun pe colegii mei de la spitalul de psihiatrie și să-i las pe ei să decidă ce vor face în privința ta. Fie îți vor da un tratament, fie te vor lua de aici și te vor ține la spital, sub tratament, singură într-o cameră izolată, , îi zise el, urmărind cu satisfacție felul în care teama își făcea loc în ochii ei reci ca gheața.

— Nu vei face asta, doctore, vorbi Nicole cu voce aspră, poruncitoare.

— Vrei să mă pui la încercare? o întrebă el, ridicând o sprânceană şi zâmbindu-i provocator.

Nicole îl privi de parcă ar fi vrut să-l strivească, apoi îşi feri privirea de a lui. Nu-i venea să creadă cât tupeu putea avea doctoraşul acela înfumurat. Avea impresia că o speria cu prostiile lui. Era decisă să-l înfrunte şi să-i arate cine e Nicole Atkins.

— Doctore, sunt sigură că putem rezolva această problemă între noi, într-un mod discret, fără să faci astfel de supoziţii absurde despre motivele mele, vorbi ea, întorcându-şi faţa spre el.

Îl privi cu o răceală calculată, dar şi cu un zâmbet care putea zăpăci orice bărbat.

— În primul rând, nu sunt „doctore". Numele meu este Cedric Malcolm şi sunt medicul tău, se prezentă el şi-i întinse mâna pentru a face cunoştinţă.

— Am înţeles, Cedric, îi rosti ea numele ca o şoaptă, privindu-l seducător, strângându-i mâna cu un zâmbet cuceritor.

Cedric ştia ce urmăreşte prin acele trucuri feminine, care erau seducătoare, la fel ca persoana care le utiliza, însă nu-l făceau să-şi schimbe hotărârea. Îi strânse mâna ferm timp de câteva secunde, după care i-o eliberă, încercând să ignore tentaţia din privirea ei.

— Deci... acum că ne-am cunoscut, putem să

trecem mai departe, îi zise privind-o indulgent, încercând să rămână medic şi să nu lase bărbatul din el să se manifeste.

Nu mai avusese o astfel de pacientă imprevizibilă şi atrăgătoare, iar ea putea să-i dea bătăi serioase de cap.

— Doar spune-mi ce-ţi doreşti, Cedric, şi voi avea grijă să te răsplătesc, îi vorbise ea cu dublu înţeles, savurând scânteia din ochii lui, care dispăru la fel de repede pe cât se aprinsese.

— Vreau să-mi povesteşti ce s-a întâmplat. E evident ce ai făcut, dar vreau să aflu motivul, îi ceru, apropiindu-se uşor de ea şi privind-o cutezător.

— Bine, doctore... Cedric... dacă-ţi spun tot ce vrei, nu vei mai suna pe nimeni, îi zise ea cu glas dulce, privindu-l direct în ochi, cu gura întredeschisă, lingându-şi uşor buza inferioară.

Preţ de câteva secunde, între cei doi se dădu o luptă fără cuvinte, între priviri şi orgolii.

— Îmi vei spune adevărul, Nicole. Te avertizez... îi zise el, privind-o cu încrâncenare, strângând mâinile în jurul barei de la patul ei.

— Am înţeles, Cedric... dar numai dacă ieşi cu mine la o cafea atunci când mă voi externa, îi zise ea, zâmbindu-i triumfătoare, savurând lupta care se dădea în interiorul său. Bărbatul şi medicul încercau să ajungă la un acord în ceea ce o privea.

— Dacă-mi spui adevărul şi numai după ce te vei externa, cedă el, zâmbindu-i la fel de seducător.

— Relaxează-te, doctore, e vorba doar de o cafea

Nicole zâmbi în continuare, de data aceasta cu toată sinceritatea, fără trucuri. Uitase de când nu se mai simţise astfel în preajma unui bărbat. Lua totul ca pe o joacă, fiindcă cel căruia îi dăruise sentimentele ei nu simţea acelaşi lucru...

— Poţi să fii sigură de asta, îi spuse el hotărât, îndepărtându-se de patul ei şi făcându-şi de lucru cu monitoarele, ca să-şi distragă atenţia de la ea.

— Cedric...

— Da?

— Dacă n-ai vrut să vorbesc cu tine, de ce ai plecat de aici? îl întrebă ea cu o voce voit inocentă.

Cedric inspiră adânc, venind din nou la ea. Zâmbetul ei era ca un magnet pe care îl folosea după bunul plac, la fel cum proceda şi cu bărbaţii.

— Vorbeşte, îi spuse el hotărât, privind-o cu seriozitate.

Nu voia cu niciun chip să se lase atras în jocul ei seducător, mai ales dacă avea de-a face cu un caz serios, care trebuia raportat colegilor lui.

— Ei, bine... am făcut asta din cauza unui

bărbat. Cumnatul meu Nick nu a realizat că eu aş fi putut să fiu femeia potrivită pentru el, iar asta m-a adus în stare să fac aşa ceva.

— Niciun bărbat nu merită să faci asta, să-ţi faci asta, îi zise Cedric, mângâindu-i încheietura mâinii, oprindu-se brusc când realiză ce face.

Oricât ar fi încercat, parcă nu mai putea gândi limpede, conştientiză el surprins.

— Nu vreau să aud vreo teorie despre ceea ce am făcut, nici să-mi spui că e imoral să am sentimente pentru cumnatul meu, fiindcă nu mă interesează. Sunt conştientă de tot... şi pot să te asigur că nu voi mai face asta, îi zise ea privindu-l cu determinare, înduioşată fără să vrea de gestul lui dulce şi blând de mai devreme.

— Nici n-am să-ţi spun aşa ceva. Am să-ţi spun doar că mă bucur de faptul că tu singură conştientizezi nişte lucruri. Schimbarea începe în primul rând din interiorul tău şi numai tu poţi decide ce e mai bine pentru tine, vorbi Cedric, zâmbindu-i cu blândeţe şi realizând că, într-adevăr, era sinceră cu el.

— Tocmai mi-am dat seama de nişte lucruri, doctore şi mă bucur că mi-ai deschis ochii în unele privinţe, îl tachină femeia.

Îl privi cu drag, conştientizând că Cedric era un bărbat diferit, care nu încerca să profite de pe urma invitaţiei ei voalate.

— Iar eu tocmai mi-am dat seama că trebuie să te odihneşti. Te las singură. Ne vedem mai târziu, Nicole, îi zise el zâmbindu-i uşor, terminând să-i schimbe pansamentul de la mâini.

— Pe mai târziu, doctore, şi nu uita ce mi-ai oferit în schimbul declaraţiei mele.

Nicole îi zâmbi din nou, provocându-l, însă inima îi bătea într-un ritm ciudat, pe care nu ştia cum să-l interpreteze, mai ales atunci când el îi răspunse la fel de zâmbitor.

— N-am să uit, Nicole.

Cedric o lăsă singură, să mediteze la multe lucruri. Plecă acasă cu o dispoziţie ciudată şi o senzaţie care nu-l lăsa să uite prea curând de pacienta lui îndărătnică.

*

Rose se trezi încet, privind în jurul ei cu uimire, după care îşi aduse aminte că se află în camera lui Nick. Nu era lângă ea, dar poate că era mai bine aşa. Plănuia să plece cât mai repede de acolo, nu voia să-i audă eventualele reproşuri, nu le-ar fi suportat. Nu avea nevoie de astfel de lucruri. Dădu la o parte pătura de pe ea, vrând să se ridice, însă uşa se deschise, iar Nick intră în cameră cu o tăviţă pe care se afla micul dejun.

— Bună dimineaţa, Rose. Ţi-am adus micul dejun, sper să-ţi placă, îi zise el, închizând uşa încet cu piciorul. Veni apoi lângă ea şi o studie.

— Bună dimineaţa, Nick. Mulţumesc, dar nu e nevoie de toate astea. Nu vreau să te mai deranjez, aşa că voi pleca imediat, îi zise ea, abia îndrăznind să-l privească.

— Nu fi încăpăţânată, Rose. Nu deranjezi şi nu pleci nicăieri, cel puţin până nu mănânci, rosti Nick pe un ton ferm, aşezând tava pe noptiera de lângă ea. Vorbesc serios.

Rose făcu o grimasă, dar luă tăviţa şi o puse pe genunchi, cucerită de aroma micului dejun. Începu să mănânce. Nick ieşi din cameră, dar reveni în scurt timp, aducând o tavă şi pentru el, după care începu să mănânce în linişte, privind-o discret. Ar fi făcut şi ar fi spus atâtea, dar ştia că trebuie să aştepte momentul potrivit.

Când terminară de mâncat, el luă ambele tăvi şi le duse în bucătărie.

Rose se ridică din pat şi merse până în dreptul uşii, vrând să plece, însă când deschise uşa, Nick se afla în faţa ei.

— Voiai să pleci fără să spui nimic? o întrebă el încruntat, făcând doi paşi spre ea, făcând-o astfel să se întoarcă în cameră.

— Ţi-am spus, vreau să plec

Rose se opri în dreptul ferestrei. Îşi încrucişă braţele, privindu-l hotărâtă şi încercând să-şi ascundă tremurul trădător al corpului.

— Şi... cum rămâne cu ceea ce vreau eu, Rose?

Nick închise uşa, după care se opri în dreptul ei, privind-o insistent.

— Cred că... ceea ce vreau eu e mai important, replică ea, sperând să o lase să plece.

— Vrei să fugi din nou, Rose. Vrei să pleci fără să îmi dai vreo explicaţie, iar asta nu se poate. Nu şi de data asta, îi zise Nick, fără a o slăbi din priviri.

— Te rog... vreau să plec acasă... şi să fiu singură... poţi să mă înţelegi? îl întrebă Rose cu disperare în glas, reţinându-şi cu greu lacrimile.

— Nu. Ştiu doar o parte din toată povestea, dar vreau să îmi spui totul, Rose. Cum s-a ajuns până acolo? Cum a putut Edgar să aibă o asemenea putere de convingere asupra ta, cu ce te-a şantajat? Acum poţi să-mi spui, s-a terminat totul şi e timpul să ne întoarcem la vieţile noastre, îi spuse el, venind încet spre ea.

Îl durea faptul că o face să sufere astfel, dar trebuia să afle tot adevărul.

— Bine. Dacă îţi spun totul, pot să plec apoi? Şi stai acolo, nu vreau să vii aici, lângă mine... îi zise ea, îndepărtându-se. Se aşeză pe pat, strângându-şi din nou mâinile pe lângă corp.

— Spune-mi tot ce vreau să ştiu, Rose.

Nick rămase la distanţă, aşezându-se pe un scaun. Dorea să o asculte cu atenţie, hotărând că nu vrea să-i inspire teamă – nu şi el.

— Zilele trecute, eram în oraş la cumpărături, când am fost luată de Edgar și dusă în acel depozit. Odată ajunși acolo, mi-a trântit telefonul, exact atunci când mă sunai. M-a legat, apoi a început să mă amenințe cu tot felul de lucruri. Mi-a spus că îi va ucide pe toți cei dragi mie dacă nu îi ascult ordinele, și anume să mă despart de tine și să fiu iubita lui.

— Știi că trebuia să vii la mine și să-mi spui, nu? o întrebă el, simțind cum sângele îi curge mai rapid prin vene din cauza furiei care îl cuprindea din nou. Ce îmi spui tu acum e varianta rapidă a poveștii, dar vreau mai multe detalii. Trebuie să știu totul, Rose. Vânătăile pe care le ai și acum în jurul mâinilor... cu ce te-a legat?

— Așa e, ai dreptate, trebuie să îți spun totul, altfel voi ajunge să iau diverse pastile pentru a-mi calma stările de acum. Te rog să mă înțelegi, nu am nevoie de nimic altceva, îi zise ea, întorcând capul.

— Nu ești singură sau cel puțin acum nu mai ești, Rose. Răspunde-mi la întrebări, te va ajuta puțin să te eliberezi de toate lucrurile întunecate pe care le-ai ținut ascunse în tine, insistă Nick pe cel mai blând ton cu putință.

— Lanțuri. M-a legat cu lanțuri de o bară de metal din depozitul acela infect! îi zise ea, ridicându-se de pe pat și mergând din nou spre fereastră, spre lumină.

Nick strânse din pumni aproape fără să-și

dea seama. Îşi dădea seama cât de greu îi venea să-i povestească toate acele lucruri, aproape la fel de greu cât îi venea lui să le asculte, dar nu avea altă soluţie. Trebuia să o elibereze într-un fel. Era necesar atât pentru ea, cât şi pentru el. Pentru amândoi.

— Continuă, o îndemnă, simţind că relatarea ei încă nu se terminase.

Rose stătea cu spatele la el, privind pe fereastră, încercând să facă totul să pară cât mai simplu, însă inima îi era strânsă de atâta suferinţă.

— M-a ţinut aproape o jumătate de oră acolo, la dispoziţia lui, după care m-a adus înapoi la maşină, reamintindu-mi ceea ce trebuia să fac şi să spun.

— Ce înseamnă mai exact la dispoziţia lui? o întrebă el, observându-i tresărirea uşoară a corpului.

Ştia că ea îşi caută din nou cuvintele, o cunoştea suficient de bine încât să-şi dea seama de asta.

— Adică mi-a spus tot felul de lucruri legate de felul în care voi fi tratată atunci când urma să fiu iubita lui. De asemenea, mi-a pus întrebări despre noi, întrebări personale...

— Ce fel de întrebări? o întrebase el curios.

— Dacă am fost apropiaţi în sens intim, dacă te-am lăsat să mă atingi şi dacă da, cum am putut să fac asta. Era sigur că de fiecare dată când am fost cu tine m-am gândit la ceea ce s-a întâmplat în magazia de medicamente a cabinetului...

Rose îşi simţea lacrimile curgându-i pe obraji. Şi le şterse cu dosul palmei, furioasă.

— Ce i-ai spus? o întrebă Nick serios.

— I-am spus că am fost împreună de foarte multe ori şi că niciodată nu m-am gândit la el în momentele acelea. Nu mai suport, Nick. Nu mai vreau ca imaginea lui să-mi mai apară în minte vreodată, îi zise ea izbucnind în plâns.

— Nu-ţi pot promite asta, Rose, dar îţi promit să încerc să te ajut să lupţi împotriva ei, a tot ceea ce înseamnă amintirile legate de Edgar, îi zise Nick venind lângă ea, nemaisuportând să o vadă suferind astfel.

O îmbrăţişă încet, încercând să o facă să realizeze că e alături de ea.

— E rândul meu acum, vorbi, mângâindu-i braţele. Voiai să ştii cum am ajuns azi-noapte în cabinetul tău. Ei bine, acesta e răspunsul, îi zise el, luând-o de mână şi arătându-i ceasul. Are sistem de localizare prin satelit şi microfon, aşa încât am auzit tot ce ţi-a spus, în timp ce conduceam ca un nebun pe străzile oraşului ca să ajung la tine, iubito. Îmi pare rău doar că nu am putut să ajung mult mai repede, înainte să-ţi facă chiar şi cel mai mic rău posibil... Totul s-a terminat acum, iubito. Să nu mai faci asta niciodată. Să nu ne mai faci asta, îi spuse Nick strân-gându-şi braţele tot mai mult în jurul ei, în timp ce ea suspina încet. Plângi, plângi cât ai nevoie, dar nu mă îndepărta de tine. N-am să-ţi mai dau voie să faci asta.

Într-un târziu, Rose găsi puterea să vorbeas-că:

— Trebuie să-ţi mulţumesc, Nick. Dacă nu ajungeai acolo la timp, Edgar ar fi reuşit ce îşi propusese, iar asta ar fi fost prea mult pentru mine... Tot mi-a spus a fost groaznic, dar mo-mentul în care mi-a plimbat cuţitul pe piele a fost de-a dreptul abominabil...

Stătea stând în continuare cu spatele la el, ştergându-şi o nouă serie de lacrimi.

— Nu trebuie să plângi, Rose. Nu te mai tor-tura astfel, nu merită. Va trece, tot ce simţi azi va trece, va deveni mai îndepărtat în fiecare zi. Nu îţi pot spune altceva, în afară de faptul că sunt aici, lângă tine şi că voi fi în continuare, nu uita asta, îi zise el în timp ce-şi împletea degetele cu ale ei, oferindu-i ceea ce îi trebuia ei atât de mult: speranţă şi sentimentele lui.

Rose se răsuci şi se aruncă brusc la pieptul lui, simţind că acolo e în siguranţă şi găseşte tot ceea ce îi trebuie.

Nick o sărută uşor pe frunte, transmiţându-i astfel sprijinul său necondiţionat.

— Sunt aici, iubito. Sunt chiar aici şi n-am

să-ţi mai dau drumul vreodată de lângă mine, îi spuse el, mângâind-o pe spate.

Rose se deprinse încet de el, privindu-l recunoscătoare. Nick făcea ca totul să fie mult mai uşor, ca traumele ei să devină mult mai uşor de depăşit, iar asta o determina să-l aprecieze şi mai mult.

— Nick... în legătură cu toate astea... aş vrea ca cea mai mare parte să rămână între noi. Nu vreau ca Allison, Miriam şi Tony să afle ceva. Mă privesc doar pe mine, îi zise ea, privindu-l rugător.

— Nu, iubito. Toate astea ne privesc pe amândoi. Dar am să fac aşa cum mi-ai spus, promise Nick, mângâindu-i obrazul şi sărutând-o apoi în acel loc.

O sărută după aceea chiar pe încheieturile mâinilor, acolo unde încă i se vedeau vânătăile lăsate de lanţuri. Dacă Edgar nu era deja mort, l-ar fi ucis din nou. Orice pedeapsă i se părea mult prea mică pentru un astfel de animal.

Rose îl privi surprinsă şi înduioşată de gestul lui. Pur şi simplu înţepeni sub atingerea lui purificatoare pentru inima ei, pentru ea...

— Astea se vor vindeca, îi zise el, arătându-i mâinile. Am să mă asigur că şi inima ta se va vindeca, Rose... îi promise Nick punându-i mâna uşor pe inimă, lăsând-o fără cuvinte.

Ceea ce simţeau amândoi în momentul acela nu putea fi descris în cuvinte, era prea puternic şi frumos pentru asta. Rose îndrăzni să vorbească abia câteva secunde mai târziu.,.

— Eşti dispus să încerci aşa ceva, Nick?

— Sunt dispus să reuşesc, îi spuse el, privind-o cu toată intensitatea sentimentelor pe care i le purta.

Rose rămase din nou fără replică. I se întâmpla atât de des în preajma lui, încât uitase numărătoarea. I se părea un bărbat incredibil, unul pe care îl iubea din toată inima, abia în acele momente conştientizând cu adevărat cât de mult...

— Eşti mai bine acum? o întrebă Nick, preocupat.

— Puţin... îi răspunse Rose, privindu-l cu drag şi surâzându-i.

Merita măcar atâta lucru, după câte făcuse pentru ea.

— Atunci putem să plecăm de aici. Te conduc acasă, trebuie să-i văd şi pe copii, îi spuse el, luând-o de mână.

— Sunt de acord, îi zise ea, abia aşteptând să se vadă ieşită afară, la aer.

Avea nevoie de asta, aşa cum avea nevoie să-i revadă pe cei mici cât mai repede.

Pe tot parcursul drumului spre casă, Nick nu vorbise prea mult, observă ea. Părea atât de concentrat, de greu de interpretat, de enigmatic, nelăsând ca vreo emoţie să-i apară pe chip. La rândul ei, Rose se concentră asupra peisajului, bucurându-se de lumina care invada străzile orașului, lăsându-se alinată de ea. Își dorea ca întunericul din inima ei să dispară și știa exact persoana care o putea ajuta în privința aceea.

Odată ajunși acasă, amândoi au fost întâmpinați de copii și de Allison, iar ziua se încheie astfel într-un mod plăcut. Mai târziu, au venit Miriam și Tony, făcând-o pe Rose să se simtă mult mai bine.

La un moment dat, Miriam o luă din mijlocul tuturor și o duse în bucătărie, acolo unde nu le auzea nimeni.

— Rose, trebuie să vorbim. Cedric mi-a spus ce s-a întâmplat. De ce-a trebuit să aflu de la el? Puteai să mă suni, să-mi povestești... îi zise ea supărată, fiindcă nu-i fusese în vreun fel de ajutor prietenei sale. N-ai idee cât de greu mi-a fost să-l conving pe Tony să nu-i spună nimic de față cu Allison.

— Miriam, te înțeleg, dar... nu acum. Vom vorbi despre asta, dar în altă zi, îi spuse Rose pe un ton rugător. Oricum, mă bucur că ești, că sunteți aici, cu mine, apreciez gestul vostru foarte mult și voi știți acest lucru. Vreau doar încă un răgaz, apoi vom sta de vorbă. Sunt convinsă că avem multe de discutat.

— Bine, cum vrei tu, cedă Miriam, îmbrățișând-o. Spune-mi doar că ești bine.

— Sunt cât se poate de bine, având în vedere totul... hai să mergem, sunt sigură că toată lumea se întreabă unde am dispărut.

Orele trecură cu repeziciune, iar după plecarea prietenilor ei, veni rândul lui Nick şi al celor mici să-şi ia rămas bun de la Rose. Odată ce micuţii se urcară în maşină, Nick veni lângă ea şi o îmbrăţişă îndelung, savurând felul în care îi simţea corpul lângă al său.

— Noapte bună, Rose. Ne vedem mâine. Ai grijă de tine, îi spuse el, în timp ce o privea cu tandreţe.

— Noapte bună, Nick. Pe mâine, îi zise Rose, adunându-şi curajul şi îmbrăţişându-l la rându-i.

Nick o sărută, încet, cât să-şi potolească nevoia crescândă de ea, conştient că, oricum, acest lucru era imposibil.

Rose îşi strânse mai bine bluza pe corp, fiindcă tremura de frig, dar nu numai... Merse apoi la culcare, încercând să adoarmă cât mai repede, nu înainte de a se gândi la felul unic în care Nick se purta cu ea chiar şi atunci când o săruta. Era ca şi cum ar fi fost una dintre cele mai importante persoane pentru el, iar asta i se părea frumos, foarte frumos, exact la fel ca el.

Capitolul 17

În dimineaţa următoare, Nick veni acasă la Rose însoţit de copii. După ce o sărută, fericit de revederea ei, îi spuse cu un zâmbet în colţul buzelor:

— Am două surprize pentru tine.

— Serios? Sper că sunt plăcute, îi zise Rose, privindu-l zâmbitoare.

De fiecare dată când îl vedea, inima i se încălzea, conştientă şi de efectul pe care îl avea asupra ei.

— Sunt, îi spuse Nick zâmbitor. Michael? i se adresă apoi fiului său, care venise lângă ei, privindu-i sfios.

— Bună, Rose. Am ceva să-ţi spun, îi zise el, neîndrăznind să ridice ochii din pământ.

— Bună, frumosule. Ce s-a întâmplat, de ce eşti atât de serios? îl întrebă ea curioasă.

— Vreau să-mi cer scuze pentru modul în care m-am purtat cu tine, mai ales atunci când ne-am cunoscut. Pe parcurs, mi-am dat seama că eşti o femeie bună şi drăguţă, care nu a făcut altceva decât să ne poarte de grijă. Am fost influenţat de mătuşa mea să mă port urât cu tine, dar mai târziu am înţeles că nu era bine ce făceam... Sper să nu fii supărată pe mine... îi spuse el prinzând puţin curaj.

Remuşcările erau vizibile pe chipul lui Michael. Rose îl asculta, nevenindu-i să creadă. Detesta faptul că Nicole avuse puterea să-i întunece băiatului sufletul cu ambiţiile ei prosteşti, dar cuvintele lui erau ca nişte raze de soare pe care le primea cu drag în viaţa ei.

— E-n ordine, totul e bine acum... pot... pot să te îmbrăţişez, frumosule? îl întrebă, lăsându-se la nivelul lui.

Ştia că i s-ar frânge inima dacă ar respinge-o, dar voia să încerce. Era important ca Michael să o accepte cu drag, aşa cum făcea Lilyan.

În loc de răspuns, chipul băiatului se lumină brusc şi veni chiar el s-o îmbrăţişeze. Rose îl primi în braţele ei, punând în acea îmbrăţişare o parte din inima ei.

Nick observă lacrimile din ochii ei în acele momente şi nu putu decât să asiste emoţionat la întreaga scenă.

— Vreau şi eu o îmbrăţişare, spuse Lilly care, deşi nu înţelegea exact ce se petrecea, voia acelaşi tratament pe care îl primise fratele ei.

— Vino aici, scumpo, o chemă Rose, care era acum îmbrăţişată de amândoi copiii.

Allison, care intrase în sufragerie mai devreme, asista, la rândul ei, emoţionată la cele întâmplate. Ştia cât de mult însemna gestul lui Michael pentru Rose şi era fericită pentru fiica sa.

— Acum, că e momentul îmbrăţişărilor, pot

să primesc şi eu una? o întrebă Nick zâmbind, făcând ca inima lui Rose să se topească de drag, ca de obicei, de altfel.

— Tu ai fost primul care a primit deja o îmbrăţişare din partea mea azi. Era rândul lor acum, îi răspunse ea zâmbindu-i şi ridicându-se în picioare. Deci... ce vom face azi? îl întrebă ea curioasă.

— Asta e a doua surpriză, îi spuse Nick privind-o, făcându-i cu ochiul. Copii, ne vom vedea mai târziu, eu trebuie să-i arăt lui Rose cea de-a doua surpriză, le spuse celor mici, ca şi când ar fi fost doar ei acolo.

— Să ne spui dacă i-a plăcut, îi zise Michael zâmbind relaxat pentru prima dată în preajma lui Rose.

În sfârşit putea să fie el însuşi, eliberat de influenţele exterioare care îl umpluseră de remuşcări şi de tristeţe.

— Data viitoare să ne duci şi pe noi, îi spuse Lilly cu un glas voit poruncitor tatălui ei, care o privea cu drag.

— Îţi promit, îi spuse Nick zâmbind, fascinat de puterea de convingere a fiicei sale.

— Copii, haideţi cu mine, astăzi vom pregăti nişte prăjiturele, asta va fi surpriza noastră pentru ei, le spuse Allison celor mici.

— Mulţumesc, Allison, i se adresă Nick recunoscător.

— Nu ai pentru ce. Micuții aceștia mi s-au lipit de suflet de când i-am văzut prima dată, așa că nu e nicio problemă, îi răspunse ea zâmbitoare. Distracție plăcută!

— Mulțumim, îi zise Nick, îmbrățișând-o cu drag, după care se întoarse spre Rose.

— Ne vedem mai târziu, spuse Rose privindu-i pe toți cu entuziasm, dar foarte curioasă să afle despre ce surpriză era vorba.

— Pa! rostiră cei mici la unison, zâmbitori și fericiți.

Abia așteptau să facă prăjituri și să se joace cu făina și cu celelalte ingrediente.

Nick o luă de mână și o conduse afară, la mașină.

— Deci... unde mergem? îl întrebă ea, arzând de nerăbdare.

— La plimbare. Atât îți pot spune acum. Mai ai puțină răbdare, o rugă el zâmbitor, după care porni motorul mașinii.

Rose îl ascultă, îndreptându-și atenția asupra peisajului orașului. Începea să ningă încet, iar asta o bucura, făcând-o în același timp să devină nostalgică. Nick porni radioul. Cânta o muzică era relaxantă și plăcută. După câteva minute, Rose își dădu seama că se îndreptau spre ieșirea din oraș.

— Mai avem mult? întrebă, nemairezistând tentației.

Dacă pe parcursul drumului încercase să se abțină, curiozitatea punea din nou stăpânire pe ea.

— Nu, ajungem imediat.

Nick opri în fața unei cabane din lemn, care arăta magnific în decorul acela înfrumusețat de fulgii de zăpadă.

Nick coborî, după care veni să-i deschidă portiera, timp în care îi observa toate reacțiile, care treceau de la uimire la bucurie.

— De ce ne-am oprit aici?

Nick veni lângă ea, și îi cuprinse talia cu brațul.

— Rose... am vrut să-ți arăt locul ăsta. Înseamnă foarte mult pentru mine și m-am gândit că poate îți va plăcea și ție, îi spuse el mergând alături de ea, până în fața ușii. Acolo se opri, întorcându-se spre ea. Am cumpărat cabana asta de curând. Mi-am dorit o casă de vacanță și asta mi s-a părut foarte frumoasă.

— E superbă, Nick. Cei mici au fost aici?

— Da, zilele trecute, însă le place atât de mult, încât ar veni aici în fiecare zi, îi zise Nick zâmbitor, în timp ce deschidea ușa.

O invită să intre prima în cabană. Rose îi mulțumi. Nick o urmă și aprinse lumina.

Încăperea era decorată în stil rustic, având și niște elemente moderne. Toate piesele de mobilier erau în nuanțe închise, aranjate cu gust, iar tablourile cu diverse peisaje completau decorul. Într-o parte a încăperii era chiar şi un şemineu în care focul ardea încet, dând locului o notă de căldură şi de frumuseţe.

Nick se rezemă de un perete, aşteptându-i reacţia.

— Ce părere ai? o întrebă nerăbdător.

Rose se întoarse spre el, zâmbitoare.

— E foarte frumos aici, Nick. Şi nu am văzut decât prima încăpere, spuse ea încântată.

— Mă bucur că-ţi place. Haide să le vezi şi pe celelalte. Aici e bucătăria.

Îi arătă o cameră nu foarte mare, dar frumos mobilată şi echipată cu toate cele necesare.

După o scurtă analiză a bucătăriei, o conduse apoi într-o baie foarte frumoasă, în nuanţe roşiatice, de asemenea utilată corespunzător. Elementul distinctiv îl constituia însă cada, una destul de mare, cu sistem de hidromasaj.

Reveniră în sufragerie, loc din care merseră pe un hol micuţ, până în dreptul unei uşi.

— Aici e dormitorul celor mici, îi zise el deschizând uşa.

Rose intră, privind în jurul ei, încântată de ceea ce vedea. Camera era împărţită în două locuri distincte, unul pentru Lilly şi celălalt pentru Michael, fiind decorată specific pentru fiecare în parte. Partea fetiţei avea un tapet cu personaje din poveşti, iar nişte jucării se odihneau pe patul micuţ, în timp ce partea băiatului avea elemente specific masculine: o minge, două porţi mici de fotbal, dar şi un avion suspendat de tavan.

— Nick, e superb. Totul arată minunat şi cred că celor mici le place cel puţin la fel de mult cum îmi place mie, îi spuse ea încântată, întorcându-se spre el.

— Şi lor le place foarte mult, dar şi mie, îi zise el zâmbitor. Veni lângă ea şi o luă de mână. Mai avem doar un singur lucru de văzut aici.

— Da? întrebase ea curioasă.

— Dormitorul, îi răspunse el, încercând să-şi reţină zâmbetul.

Rose o luă înainte, mergând pe hol, oprindu-se în faţa uşii. Brusc i se păru că dintr-un oarecare motiv îi era tot mai cald. Era conştientă că roşise, de aceea aproape că fugise din strânsoarea mâinii lui. Îşi ura reacţiile acelea, dar ştia la fel de bine că erau o parte a personalităţii ei pe care nu o putea schimba, oricât ar fi încercat. Şi chiar încercase, îşi aminti ea, însă fără succes.

Aproape imediat Nick ajunse în spatele ei, deschizându-i uşa, lăsând-o să intre.

Rose ezită câteva secunde, după care intră, fermecată de frumuseţea acelei încăperi. Pereţii erau tapetaţi cu un peisaj specific pădurii, în care exista chiar şi un râu. Acesta părea atât de real la prima vedere, încât dădea impresia că se afla chiar acolo. Decorul era minimalist, dar eficient. Privind în cealaltă direcţie, Rose observă patul, unul mare, care avea de ambele părţi câte o noptieră pe care erau aşezate nişte veioze frumoase. Lenjeria de pe pat era într-o nuanţă puternică de roşu, iar două perne mici erau aşezate pe marginile acestuia.

Rose îşi mută privirea, văzând oglinda în care era reflectat Nick, care se uita la ea. Închise ochii timp de câteva secunde, inspirând adânc.

— Aş vrea nişte apă, te rog. Mi-e sete, îi ceru ea, încercând să ignore sentimentul de panică nejustificată care o cuprinse. Nu putea să se simtă astfel, nu în preajma lui.

Părăsi încăperea, simţind o nevoie acută de aer, conştientă că el o urmează încet. Fu condusă apoi înapoi în sufragerie, unde se aşeză pe un scaun.

Nick reveni imediat cu un pahar de apă. Rose îl luă, simţind căldura mâinii lui când o atinse. Începu să bea cu poftă, de parcă ar fi gustat un desert.

— Mai vrei? o întrebă el, privind-o cu atenţie.

— Nu, mulţumesc. Pot să merg afară? Aş vrea să văd mai bine exteriorul cabanei, îi spuse ea, privindu-l la rândul ei.

— Desigur. Vin cu tine imediat, îi zise Nick, mergând să ducă paharul în bucătărie.

Rose era deja la uşă, aşteptându-l. Îl privea

admirativ în timp ce venea spre ea. Era atât de frumos şi de atent cu ea, iar asta o bucura.

— Doar nu vrei să ieşi aşa afară, o certă el zâmbind, privind-o cu subînțeles şi aducându-i geaca.

Rose îşi dădu seama că îşi uitase geaca pe cuier şi zâmbi. Nick o ajută să se îmbrace, o îmbrăţişă repede şi deschise uşa.

Odată ajunşi afară, se plimbară cu paşi mărunţi. Nick o luă aproape imediat de mână, plimbându-se astfel alături de ea şi răspunzându-i la întrebări.

— Ştii... nu ai spus niciun cuvânt... îi zise el la un moment dat, întorcându-se spre ea şi privind-o fascinat. Zăpada cădea încet deasupra lor, oprindu-li-se în păr.

— Cum să nu, doar am vorbit aproape încontinuu, îi zise ea, neînţelegând la ce se referă.

— Mă refeream la faptul că ai lăudat toate camerele din cabană, cu excepţia dormitorului, îi zise el provocator, zâmbindu-i.

— Am spus că e foarte frumos. Felul în care e împărţit dormitorul celor mici e foarte bine gândit. Aşa, fiecare dintre ei are propriul său spaţiu, atât de joacă, dar şi de odihnă, spuse ea sperând să scape doar cu atât.

Nick izbucnise în râs, amuzat de încercarea ei de a-i distrage atenţia.

— Rose... ştii că nu la asta mă refeream, ci la

dormitorul meu, al nostru...

Intensitatea privirii lui o lăsa aproape fără aer, în timp ce ea își întoarse capul, privind spre cabană.

— Bine. E foarte frumos, ești mulțumit acum?

— Da... zâmbi el.

— Acum, că ne-am lămurit, mă ajuți să fac un om de zăpadă sau trebuie să-l fac singură?

Făcu un bulgăr de zăpadă, ținti și lovi. Îl nimeri în piept, stârnindu-i din nou amuzamentul.

— Deci așa vrei să fie. Bine, dar să știi că nu vei ieși prea bine din treaba asta, îi zise Nick râzând, după care făcu și el același lucru, până când totul se transformă într-o adevărată luptă cu bulgări.

Câteva minute mai târziu, Rose făcea un om de zăpadă împreună cu Nick, lucru care-i dădea o stare de liniște. Aproape că uitase de când nu se mai simțise atât de bine.

La un moment dat, Nick o luă în brațe și se întinseră împreună pe zăpada albă și pufoasă, care strălucea în lumina unui soare ascuns printre nori.

— Știi... e foarte bine să stai așa, să te bucuri cu adevărat de unele lucruri, îi zise ea, ținându-l de mână.

— Așa e, ai dreptate. Vrei să mai venim aici? o întrebă el curios, ridicându-se de pe zăpadă, numai cât să vină până în dreptul ei și să o privească îndeaproape.

— Da, doar dacă vrei și tu. Și data viitoare vom veni cu cei mici, îi zise ea pe un ton categoric.

— Știu. Abia așteaptă să revină aici.

— Îți mulțumesc, Nick, îi spuse Rose privindu-l cu drag.

— Pentru ce?

— Pentru aceste două surprize minunate pe care mi le-ai făcut azi. Ceea ce ai făcut de dimineață cu Michael... a însemnat foarte mult pentru mine, îi zise ea cu sinceritate.

— Totul a venit de la el, eu nu am avut niciun amestec. Azi dimineață mi-a povestit și mie despre influența mătușii lui asupra comportamentului pe care l-a avut față de tine. M-am fost supărat, dar apoi am realizat că nu a fost în totalitate vina lui.

— Apropo de Nicole... ieri a fost internată la spital. Când a ajuns acolo, avea încheieturile mâinilor rănite. Cu tot ce s-a întâmplat, nu am mai reușit să te anunț mai devreme despre asta, îi zise ea serioasă.

— Nu pot să cred așa ceva, îi zise Nick surprins. Și e bine acum? o întrebă, ridicându-se în picioare și ajutând-o pe Rose să facă același lucru.

— Când a venit acolo, nu avea puls. Am resuscitat-o împreună cu Cedric, i-am restabilit pulsul, dar a zăcut fără cunoştinţă în următoarele ore. Azi noapte, târziu, am primit un mesaj de la Cedric în care îmi spunea că a deschis ochii chiar ieri.

— Ar trebui să merg s-o vizitez, deşi nu cred că e o idee prea bună... spuse el încordat şi serios.

— De ce spui asta? E cumnata ta, trebuie să o vezi... îi zise ea surprinsă. Simţea că îl frământa ceva şi că-i vine greu să îi spună.

— Chiar ieri dimineaţă am avut o discuţie neplăcută cu ea, dar nu o credeam capabilă de astfel de fapte.

— Neplăcută în ce sens?.

— Mi-a mărturisit sentimentele ei pentru mine, lăsându-mă cu gura căscată. A susţinut că mă iubeşte de mai mulţi ani, chiar înainte de a o pierde pe Elaine. Am încercat să vorbesc cu ea şi s-o conving să renunţe la lucrurile astea, fiindcă eu nu-i voi împărtăşi sentimentele niciodată, iar asta se pare că a afectat-o atât de mult, încât a recurs la gestul ăsta nebunesc... îmi pare rău pentru Nicole, e mătuşa celor mici, dar nu voi simţi niciodată altceva pentru ea decât respectul cuvenit unei cumnate, respect care oricum s-a diminuat de când Michael mi-a mărturisit totul, explică, aşteptând reacţia lui Rose.

— Ştii... şi mie îmi pare rău pentru ea. Se

pare că fiecare dintre noi avem slăbiciunile şi momentele noastre de dezamăgire extremă, spuse Rose, oftând.

Simţise lucrurile pe care el i le spuse despre ea de la prima întâlnire cu Nicole. Încă de atunci o bănuise că-l priveşte pe Nick cu alţi ochi, şi nu aşa cum ar fi trebuit.

— Şi... vorbeşti serios când spui că nu simţi nimic pentru ea? îl întrebă, privindu-l cu o sclipire de teamă.

— Foarte serios. Dacă e să vorbim despre slăbiciuni, atunci recunosc că am două: copiii şi tu, iubito, îi zise el luând-o de mână.

Rose îl privi, surprinsă plăcut de cuvintele lui. Abia după câteva secunde reuşi să-i spună ceva:

— Trebuie să mergem mâine la ea împreună cu cei mici. Eu nu voi intra acolo, dar frumos din partea ta e să faci asta. În mod sigur se va bucura, mai ales să-şi vadă nepoţii. Se pot spune multe lucruri despre Nicole, dar cu amândoi ştim că-i iubeşte pe cei mici.

— Aşa e. Aşa vom face, mâine vom merge la ea în vizită, dar acum vom merge să mâncăm. Cu atâta agitaţie, mi-s-a făcut foame, recunoscu Nick, zâmbind.

— Şi mie, spuse Rose privindu-l cu drag şi lăsându-se condusă în casă.

Îşi lăsă geaca pe cuier, după care merse la

bucătărie să vadă dacă poate să-l ajute cu ceva.

— Ce vrei să mâncăm, paste sau friptură cu legume la cuptor? o întrebă Nick, arătându-i variantele gata preparate, numai bune de încălzit.

— Le-ai pregătit atât de repede? întrebă suspicioasă.

— M-ai prins, se dădu învins Nick, ridicând brațele în semn de predare. Le-am pregătit mai devreme în dimineața asta, știind că urmează să venim aici.

— Bine, îi răspunse Rose zâmbind. Cred că aleg pastele.

Se așeză pe un scaun. Admira lejeritatea pe care o avea Nick în mișcări. Era precis și știa ce are de făcut, pe lângă faptul că chiar pregătise felurile acelea de mâncare.

— Ce avem la desert? Cred că nu am auzit și varianta asta.

— Ă... am uitat de el, dar sigur îmi vine vreo idee până atunci... Ce spui dacă sunt chiar eu desertul? o întrebă, adorând să o tachineze.

Rose îl privi nedumerită preț de câteva secunde, copleșită de aceleași senzații pe care le avea de obicei când Nick spunea sau făcea lucruri care o intimidau. Simțea că obrajii îi prind culoare, iar inima îi bate tot mai repede.

— Am glumit, îi zise el, observând că-și schimbase expresia feței.

Scoase imediat din frigider o tăviță pe care

erau nişte prăjituri şi le puse pe masă, în faţa ei. Rose luă una, bucuroasă că-şi poate ocupa mintea şi mâinile cu ceva. Realiză că el o putea face cu foarte mare uşurinţă să treacă prin stări atât de diferite într-un timp atât de scurt... chiar o făcuse să se gândească doar pentru o secundă la varianta iniţială de desert.

Nick luă la rândul lui o prăjitură, apoi verifică starea mâncării.

— E gata, spuse el, punând pe masă două farfurii, apoi tava, pe un suport din lemn.

Scoase din dulap două pahare în care turnă o cantitate mică de vin roşu.

— Dar eu nu beau. Adică beau rar şi foarte puţin alcool, îi zise ea, privindu-l cu seriozitate.

— Şi eu procedez la fel, dar nu trebuie să bei tot, numai cât vrei.

— Dar nu poţi să conduci apoi...

— Nu voi conduce, îi spuse Nick, zâmbind.

— Atunci voi gusta în altă zi din vinul ăsta care pare atât de bun... voi conduce eu.

— Nici tu nu vei face asta.

— De ce? Nu trebuie să plecăm de aici după aceea? Ar trebui să mergem acasă?.

— Nu, nu trebuie să plecăm. Avem toate condiţiile necesare pentru a rămâne peste noapte, îi zise el cu o lejeritate atrăgătoare, care pe ea o uimise.

— Dar cei mici? Dacă au nevoie de tine, de noi?

— Cei mici sunt foarte bine în grija mamei tale, iar dacă se întâmplă ceva, mă poate suna, îi spuse Nick liniştit, servind-o cu mâncare, ca şi cum nu bănuia stările ei interioare. Poftă bună, adăugă, zâmbindu-i şi privind-o îndelung.

— Poftă bună... îi spuse Rose, concentrându-se asupra mâncării. E foarte bun totul... îl lăudă ea, încântată de gustul minunat al mâncării.

— Mă bucur că îţi place.

După ce terminară de mâncat, Rose îl ajută să strângă masa. După aceea spălă vasele, ştergându-le îndelung. Ştia că Nick o urmăreşte cu privirea şi la un moment dat se întoarse spre el, terminând ce avusese de făcut.

— Mulţumesc pentru ajutor, îi spuse Nick, venind lângă ea.

— Cu plăcere. Măcar atât să fac, dacă tu ai pregătit totul singur atât de bine, îi spuse ea cu subînţeles.

— Mă bucur că mi-a ieşit, îi răspunse el, privind-o cu ochii aceia frumoşi şi tulburători, apropiindu-se subtil de buzele ei, fără să o sărute însă. Haide, e timpul să vedem un film, adăugă, luând-o de mână şi conducând-o în sufragerie.

Rose se aşeză pe canapea, încercând să se concentreze la imaginile care rulau pe ecran şi să se bucure de compania lui Nick, care o ţinea în braţe. Părea absorbit de film. Rose se întrebă cum poate fi atât de calm şi de stăpân pe sine, în timp ce ea era atât de neliniştită.

Mai târziu, când filmul se termină, merse la baie. Avea nevoie de un duş relaxant, după ziua plină pe care o avuse. Vederea unui halat de baie roşu pe uşă o făcuse să zâmbească. Nick chiar pregătise totul, se gândise ea tulburată.

Se bucura totuşi de faptul că halatul era destul de lung, acoperind-o până aproape de genunchi. Îl îmbrăcă, legându-şi cordonul strâns în jurul taliei. Ieşi apoi din baie, mergând în sufragerie, acolo unde el îşi făcea de lucru răsfoind o carte.

— Sunt gata, anunţă ea cu glas şoptit deşi nu voise să sune astfel.

Nick o privi îndelung.

— Vin imediat, îi spuse el serios, trecând pe lângă ea.

Rose îi simţi privirea de-a lungul trupului ei, dar şi aroma masculină atunci când trecuse pe lângă ea, lucru care o făcuse să se aşeze pe canapea.

Se uită după o pătură, pe care din fericire o găsi pe un scaun de lângă perete. Se întinse apoi din nou pe canapea, acoperindu-se, gândindu-se că e foarte confortabilă pentru cazurile în care cineva ar trebui să doarmă acolo. Închise ochii şi se lăsă în voia somnului.

Câteva minute mai târziu, Nick ieşi din baie. Imaginea ei dormind pe canapea îl făcu să zâmbească. Se apropie de ea, gândindu-se cât e de frumoasă, de inocentă şi de ademenitoare.

— Rose, trezeşte-te. Nu poţi dormi aici, iubito, îi zise el încet, punându-i o mână pe umăr,.

Rose deschise ochii, vizibil nemulţumită de faptul că o trezise.

— Ce e? Dormeam atât de bine, îi spuse ea, sperând să nu-şi dea seama că doar aţipise.

— Vino cu mine, nu e destul loc aici...

— Dar eu chiar stau foarte comod aici, stărui.

Nick îi văzuse rugămintea din privire, însă nu voia să o ştie acolo.

— Hai cu mine, vei dormi mult mai bine în cameră, îi spuse el, încercând să-i inspire încredere.

— Nu, rămân aici, îi zise ea hotărâtă.

— Vrei să te iau în braţe până acolo?

— N-ai face asta, îi zise ea zâmbind, însă zâmbetul îi pieri când se trezi luată în braţe şi dusă în cameră, unde fu aşezată pe pat.

— Ai văzut? Să nu mai pui la îndoială ceea ce îţi spun, o provocă Nick.

Rose trase pătura peste ea, acoperindu-se în întregime şi refuzând să-i vorbească. Nick zâmbi, după care se aşeză în pat, având grijă să păstreze o distanţă suficientă de ea. Bănuia gândurile care treceau prin mintea iubitei lui şi nu voia să o incomodeze, ci, pentru moment, doar să o ştie aproape de el.

— Noapte bună, iubito, îi zise Nick zâmbind, stingând veioza de pe noptiera de lângă el.

— Noapte bună, Nick...

Rose îşi, trase pătura de pe cap, coborând-o până sub bărbie. Se simţea puţin mai bine la adăpostul întunericului.

Nick îi sărută uşor buzele, mângâindu-i obrazul.

— Nu-mi vei refuza un sărut, cel puţin, nu-i aşa?

Fără să aştepte vreun răspuns, o sărută din nou, arătându-i cât de blând putea fi.

Câteva minute mai târziu, el reveni pe partea lui de pat, conştient că aşa trebuiau să fie lucrurile, cel puţin deocamdată.

Rose inspiră adânc atunci când fusese eliberată de sărutul lui tulburător, încercând să adoarmă cât mai repede şi să ignore căldura pe care el i-o transmise din nou.

Capitolul 18

Rose fu trezită de o aromă apetisantă de mâncare. Deschise ochii şi văzu că Nick se afla în picioare, aşezând tava cu mâncare pe noptiera de lângă ea. Era îmbrăcat în pantaloni lungi de sport şi în maieu, fiind cald în cameră.

— Bună dimineaţa, iubito, îi zise, aşezându-se lângă ea. Urma să te trezesc, dar se pare că mi-ai luat-o înainte.

O mângâie apoi pe obraz, după care îi sărută buzele, retrăgându-se încet, deşi n-ar fi vrut. Îi dori poftă bună, îi , lingându-şi buzele involuntar, simţind încă gustul ei.

Rose îl privea fascinată, conştientă de atracţia pe care o emana fără să-şi dea seama.

— Poftă bună şi mulţumesc... dar n-ar trebui să mă ridic de aici şi să mă schimb?

— Nu. Rămâi acolo şi stai liniştită. De asta te afli aici, Rose, ca să te relaxezi.

Nick o privi cu drag şi începu să mănânce.

— Dacă spui tu... bine atunci, încuviinţă ea. Chiar şi când făcea cele mai mici gesturi tot îi era drag să-l privească.

— Rose...

— Da?

— Dacă mă mai priveşti aşa, s-ar putea să uit că mi-e foame... spuse el, zâmbindu-i cu subînţeles.

— Scuze... dar că eşti frumos, Nick, şi îmi place să te privesc, îi zise ea, adunându-şi curajul.

Nick zâmbi, conştient de calităţile lui, dar şi de curajul pe care i-l trebuise ei să-i spună asta.

— Şi tu eşti frumoasă, Rose. Nu ai idee cât de dulce şi de frumoasă eşti, dar am de gând să te fac să înţelegi asta în fiecare zi... îi spuse, privind-o fascinat timp de câteva secunde, după care continuă să mănânce.

Rose ghici şi altceva în privirea lui, dincolo de dorinţa care simţea că are puterea să o încălzească în întregime.

— Mulţumesc, a fost foarte bun totul, îi zise ea, luând paharul cu suc şi bând cu sete.

— Cu plăcere. Mă bucur că ţi-a plăcut, iubito.

Nick luă tăvile în mână, vrând să le ducă în bucătărie.

— Stai, aşteaptă puţin, mă îmbrac şi vin să te ajut acolo, îi zise Rose, dând pătura la o parte.

Halatul îi dezveli picioare, iar ea îl trase în jos, conştientă de privirea fierbinte care aluneca pe trupul ei.

— Nu e nevoie, rămâi acolo, mă întorc imediat, îi spuse el încordându-se şi oftând uşor, după care ieşi, dornic să termine cu vasele cât mai repede.

Rose se acoperi din nou şi se întinse în pat, neştiind ce altceva să facă, mai ales că se simţea atât de bine acolo, la căldură, alături de bărbatul care îi acapara toate simţurile, atât fizic, cât şi psihic.

La un moment dat, uşa se deschise, iar Nick intră, închizând-o încet.

— Deci... vrei stăm în pat toată ziua? o întrebă el provocator, venind încet spre ea.

— Tu... ai spus... să stau aici... îi zise ea pe un ton şoptit, privindu-l cum îşi scoate maioul şi se întinde în pat. Nu ţi-e rece aşa?

Rose se acoperi cu pătura până sub bărbie.

— Nu. Vino aici, Rose, îi chemă el, făcându-i semn să se aşeze pe umărul lui.

— Nick... nu ştiu dacă e o idee bună... zise ea, înghiţind cu greu.

O grămadă de emoţii i se amestecau în trup şi în inimă. Îl vedea atât de sigur pe el şi expunându-se atât de lejer în faţa ei, încât găsea faptul şi provocator, şi intimidant.

— Nu. Nu gândi, Rose, pur şi simplu fă-o. Vino lângă mine, nu mă privi aşa. Sunt eu, Nick, nu vreun maniac care-ţi vrea răul. Trebuie să înţelegi asta, iubito, îi spuse el încruntându-se uşor, dar privind-o apoi cu blândeţe.

Rose coborî privirea, în timp ce se lipise de el, având respiraţia întretăiată. Era atât de cald, de bun, de frumos, de blând, înduioşând-o cu felul său de a fi.

Nick îi înconjură trupul cu braţe lui, lăsând-o să se obişnuiască cu senzaţia corpurilor lor lipite unul de altul.

— Cum e? o întrebă,privind-o cu tandreţea care o topea.

— Bine... i-ai sunat pe copii, sunt bine?

— Da, sunt bine şi mi-au spus să am grijă de tine.

Rose îl privi cu zâmbetul pe buze.

— Au zis ei asta?

— Da, au zis. Este exact ceea ce am de gând să fac, Rose. Voi avea grijă de tine, dar trebuie să mă ajuți... îi zise el privind-o, mângâindu-i chipul.

— Cum? îl întrebă nedumerită. Spera ca el să nu-i spună din nou ceva intimidant, fiindcă oricum inima îi bătea mai repede decât în mod obișnuit.

— Am nevoie să te liniștești, să respiri încet și să nu-ți mai fie teamă, iubito. Acceptă ceea ce simți, ceea ce te fac să simți și împacă-te cu ideea că voi face dragoste cu tine. Știi că te doresc, nu-i așa? o întrebă Nick, mângâindu-i buza inferioară cu degetul mare.

— Nick... știu, sunt conștientă de tot ceea ce îmi spui, dar... mi-e teamă. Nu prea mi-e teamă de multe lucruri în general în viață, dar de lucrul ăsta... sunt îngrozită... Îl privi speriată, dar și curioasă, așteptând răspunsul lui.

— Știu, dar am să fac în așa fel încât teama asta să dispară. Nu suport gândul că ți-e teamă de mine. Ai încredere în mine?

— Am, dar... problema e la mine, Nick. N-aș vrea să te superi dacă n-aș putea merge până la capăt cu asta... mi-e teamă să nu te înfurii și să îți pierzi controlul și să...

Rose se opri, nu mai putea continua. Emoția

pe care o simţea crescând în ea era tot mai puternică şi nu i se putea opune.

— Nu se va întâmpla asta. Tocmai fiindcă ţi-e teamă trebuie să încerci să treci peste asta, iubito. Simt cum respiri, ştiu ce îţi trece prin minte, dar vreau să te laşi în voia mea, şi dacă, doar dacă, la un moment dat, teama ta va fi la fel de mare şi vei simţi că trebuie să mă opreşti, o vei face. Tu... n-ai mai făcut asta niciodată, nu-i aşa ? o întrebă el ştiind cum suna asta pentru ea, dar trebuia să audă de la ea ceea ce bănuia deja.

— Nu, n-am mai făcut-o... recunoscu ea, roşind violent.

Nick strânse din pleoape, ştiind ce însemna pentru ea acel lucru, chiar simplul fapt de a recunoaşte adevărul acela faţă de el. Inspiră adânc, apoi deschise ochii, privind-o cu drag, dar şi cu dorinţă.

— Totul va fi bine, iubito... Se apropie apoi încet de buzele ei, sărutând-o cu blândeţe la început, apoi luând tot mai mult din ea, gustând-o şi lingându-i uşor buzele.

Rose simţi cum buzele i se întredeschid, făcând astfel ca Nick să o guste în întregime, explorând-o şi dăruindu-i senzaţii tulburător de plăcute. Buzele sale coborâră apoi pe gâtul ei, sărutând-o, iar degetele sale îi mângâiară abdomenul, apoi gâtul. Rose îi mângâia spatele, în timp ce el o săruta ameţitor tot mai jos, aproape de sâni. Nick Mâinile lui se opriră pe sânii ei, moment în care ea îl opri.

— Lasă-mă să-ţi arăt ce pot să-ţi fac, iubito... o rugă el, privind-o.

Ochii lui exprimau foc şi dorinţă.

Nick îşi mişcă apoi încet, dar sigur, palmele mai sus, ajungând deasupra sânilor ei, pe care îi mângâie, potrivindu-i atât de bine în mâini, sărutându-i în continuare buzele. Îi luă mâinile şi şi le puse pe umeri, invitând-o să-l atingă, să-l simtă.

În timp ce îi săruta buzele, îi desfăcu apoi cordonul halatului, strecurându-şi mâinile sub acesta, de-a lungul pielii ei moi. O simţi tremurând sub atingerile lui blânde, dar potrivite, iar faptul că ea îşi arcuise uşor spatele atunci când îi cuprinse sânii frumoşi în palme îl umplea de dorinţă.

Sentimentul era mistuitor de ambele părţi, făcând ca raţiunea să dispară, lăsând loc plăcerii pure, unice, plăcere izvorâtă din ceea ce simţeau unul pentru celălalt.

Când Nick începu să-i sărute sânii, ea îşi puse palmele pe chipul lui, vrând să-l oprească din nou, însă când buzele lui i-au gustat sfârcurile, trecându-şi apoi limba peste ele şi făcându-le să se întărească, orice urmă de rezistenţă pieri.

Rose îşi aminti de felul în care simţise cuţitul lui Edgar plimbându-i-se pe sânii ei, iar asta

237

o făcuse să strângă puternic din pleoape. Voia însă să fie curajoasă şi să ignore senzaţia aceea oribilă, inspirată de asaltul dulce al lui Nick asupra ei. Felul în care o copleşea cu sărutări şi mângâieri incitante asupra fiecărei părţi a corpului ei nu se putea compara cu ceea ce trăise în acele clipe oribile petrecute cu Edgar.

Rose respira tot mai greu, simţind buzele lui Nick coborând pe abdomenul ei, devorându-i apoi coapsele şi zona dintre ele, mângâind-o şi excitând-o în acelaşi timp, făcând-o să savureze absolut tot ceea ce îi făcea.

Nick o simţea atât de dulce şi de caldă, supunându-se atingerilor lui, lucru care îl făcea să se simtă extrem de mulţumit şi fericit.

— Nick... nu... spuse ea rostindu-i numele ca pe un geamăt uşor.

Ceea ce îi făcea el depăşea orice aşteptare, raţiune, şi chiar conştiinţa însăşi. Niciun alt bărbat nu-i mai făcuse asta, nu o mai atinse şi o sărutase astfel, făcând-o să-şi piardă luciditatea.

— Da... îi zise el privind-o zâmbitor. Nu vrei să mă opresc, nu? Spune-mi, vreau s-o aud de la tine...

— Nick... nu mă lăsa singură... îi zise ea deschizând ochii, privindu-l rugător.

— N-ai fost nicio clipă singură, iubito, îi spuse Nick cu glasul răguşit de dorinţa care îl consuma, forţându-i limitele.

Avea atât de multă nevoie de Rose, nevoie să o iubească, să fie în ea, să-i dăruiască totul...

Veni apoi deasupra ei, mângâindu-i încet pulpele, în timp ce i le depărta uşor. Nu voia să vadă teamă în privirea ei, ci doar plăcere.

Rose îl privi uşor panicată, dar şi dornică. Voia să devină a lui cu totul, să-i aparţină şi să-i dăruiască toată fiinţa ei, trup şi suflet. Îi simţi mângâierile şi sărutările în clipa în care o făcu a lui, luând ceea ce avea ea de oferit, dându-i în schimb tot ceea ce avea el de oferit.

Nick o văzu încruntându-se atunci când intră în ea şi se mişcă cât mai uşor, controlându-se pentru binele amândurora. Respiraţia lui sacadată o ajută să treacă peste disconfortul acela ciudat, făcând-o să se mişte sub el.

Amândoi savurau ceea ce se întâmpla, unirea aceea a inimilor şi a trupurilor, care era mai presus de orice cuvinte.

Rose îl simţi tresărind în acelaşi timp cu ea în timpul extazului eliberator, clipă în care amândoi îşi şoptiră numele, conştienţi de însemnătatea acelui moment special.

Înainte de a părăsi cu regret locul acela strâmt, cald şi umed din ea, Nick o privi cu toată seriozitatea pe care o simţea în acele momente.

— Te iubesc, Rose. Te iubesc atât de mult...

Rose îl privise uimită, simţindu-se invadată de o fericire fără margini.

— Şi eu te iubesc, Nick... îi spuse ea privindu-l cu drag.

Avea ochii umezi, iar el îi zâmbi şi o sărută din nou.

Nick se eliberă apoi din captivitatea ei atât de plăcută, după care se întinse lângă ea, îmbrăţişând-o.

— Rose... ceea ce tocmai s-a întâmplat între noi... înseamnă foarte mult pentru mine, vreau să ştii asta.

— Şi eu simt acelaşi lucru, Nick, îi zise Rose roşind, bucurându-se de atingerea lui blândă şi vindecătoare. Mă vindeci în întregime, iar asta e totul pentru mine... adăugase ea emoţionată.

— Mă bucur. Ştii... şi tu mă vindeci, iubito. Mai mult decât îţi poţi imagina... şi... îmi pare rău că te-am rănit... eşti bine? o întrebă el, simţindu-se vinovat pentru că îi pricinuise acea durere inevitabilă.

— Eu... nu mi-e uşor să-ţi spun asta...

— Ştiu, dar trebuie să vorbim despre orice, Rose. Poţi să ai încredere în mine, iubito, doar ştii , îi spuse Nick lipindu-şi tot mai mult corpul de al ei, lucru care îl înnebunea de dorinţă din nou.

— Eu... sunt bine... te rog, nu mă mai întreba lucruri din astea... îi zise ea acoperindu-şi faţa cu mâinile.

— Eşti adorabilă, dar nu scapi atât de uşor. E

normal să mă preocup de tine, de asta sunt iubitul tău. Și... de-abia aștept să facem dragoste din nou... spuse Nick zâmbind, cu ochii strălucind de fericire.

— Nick!

— Ce e? Te doresc foarte mult, iar asta nu trebuie decât să te bucure, iubito. Știi... îmi place felul în care mi te abandonezi, dar și cum roșești atunci când te tachinez. Asta mă face să mă simt puternic, fericit și norocos că am o femeie atât de specială lângă mine. Lasă-mă să-ți spun că și tu ești puternică, Rose. Ai o delicatețe și o forță care mă încântă, domnișoara mea doctor, îi spuse Nick, sărutând-o ușor pe gât, coborând pe umărul ei.

— Nick... îmi spui niște lucruri atât de frumoase... și tu trebuie să știi că însemni foarte mult pentru mine. Să nu te îndoiești de asta, iubitul meu frumos, cel mai sexy polițist pe care l-am întâlnit...

Rose, îl privind cu admirație și iubire, lăsându-l apoi să facă din nou dragoste cu ea.

După câteva zile...

— Am o veste bună pentru tine, Nicole, îi spuse Cedric, apropiindu-se de patul ei.

— Care e vestea? îl întrebă ea nerăbdătoare.

— Vei fi externată azi.

— În sfârşit! exclamă Nicole. Abia aştept să plec acasă, să ies din locul ăsta îngrozitor, adăugă, prefăcându-se încruntată.

— Atât de rău ai fost tratată aici? De fapt, dacă mă gândesc mai bine, s-ar putea să mai fie nevoie de o zi în care să te ţin sub observaţie... îi spuse el, încercând să pară serios.

— Să nu îndrăzneşti, doctoraşule!

— Cedric. Dacă-ţi aduci aminte, aşa ţi-am spus că mă numesc, îi zise el zâmbind, savurându-i nerăbdarea.

— Bine... Cedric. Să faci ceea ce trebuie şi să mă laşi să plec acasă, nu mai suport să stau aici. Nicole îl privi nerăbdătoare, gândindu-se la modul în care îl va face să-şi şteargă zâmbetul ăla arogant.

Cedric veni lângă pat şi duse mâna în buzunarul halatului, de unde scoase o seringă.

— Cred că mai ai nevoie de o ultimă injecţie.

Se prefăcu că pregăteşte acul, având grijă ca ea să vadă în detaliu toate etapele. Era un deliciu s-o vadă pe regina gheţurilor, aşa cum o numise în gând, cum urmăreşte îngrozită ceea ce face.

— Nu cred că mai e nevoie de aşa ceva. Ai spus că sunt bine...

— Iar eu cred că singurul doctor din încăperea asta sunt eu, nu-i aşa? rosti strângând din dinţi şi încercând să se menţină cât mai serios.

— Ai dreptate, dar... voi lua nişte pastile. Nu

te apropia cu chestia aia de mine!.

Cedric o luă de braţ, zâmbind atunci când ea încercă să se retragă, întorcând capul în acelaşi timp, pentru a nu vedea ce se întâmplă.

— Gata, îi spuse el, punând imediat seringa pe dulăpiorul de lângă pat.

Îi coborî mâneca halatului fără să-i fi făcut injecţia. Se îndepărtă puţin de pat, aşteptându-se la o reacţie impulsivă din partea ei. Îşi încrucişă braţele, privind-o cu un zâmbet care îi stârni iritarea.

— Cum adică gata? N-ai făcut nimic... îi zise Nicole, nedumerită.

Înţelese însă totul atunci când îi văzuse expresia feţei.

— Tu chiar te bucuri de toate astea, nu-i aşa? îl întrebă furioasă.

— Nu pot să spun că nu...

Cedric nu-şi mai putu reţine râsul.

— Ai să plăteşti pentru toate astea, doctoraşule. Aşteaptă numai şi ai să vezi... apropo, nu uita de înţelegerea noastră. Chiar azi, după ce mă laşi să plec de aici, vii cu mine să bem cafeaua aia... îi spuse Nicole, zâmbindu-i în felul acela seducător, ştiind că îl va face să redevină serios.

— Numai dacă nu pui sare în ea în loc de zahăr, Nicole... şi nu uita: e doar o cafea... îi zise el întorcându-i zâmbetul, spre iritarea ei crescândă.

Cedric plecă din salon, lăsând-o să se gândească în liniște la diverse modalități prin care se va răzbuna pentru toate neplăcerile pe care i le cauzase tot timpul cât fusese nevoită să-i suporte prezența.

Epilog

După câteva luni...

— Se pare că azi ni se împlineşte visul de a ne căsători în aceeaşi zi, i se adresă Miriam lui Rose, simţind emoţia care le cuprindea pe amândouă.

— Aşa e şi sunt foarte fericită. Abia aştept să devin doamna Spencer, zise Rose, privindu-şi cu drag prietena.

— Fetelor, sunteţi minunate ca două prinţese, le spuse Allison, îmbrăţişându-le.

Era, la rândul ei, emoţionată.

Intrară în biserică, în urma lui Lilyan şi a lui Michael, care înaintau încet, zâmbitori şi fericiţi.

Miriam privi cu drag în ochii lui Tony. Arăta minunat în costumul de mire. Anii în care îl iubise în secret erau răsplătiţi în acele momente de fericirea imensă pe care o simţea. Era bărbatul pe care îl dorea pentru tot restul vieţii alături de ea şi era convinsă că şi el gândeşte la fel.

Tony le urmări cu drag pe cele două femei uimitoare, puternice şi frumoase. Privirea i se aprinse şi mai mult când o întâlni pe cea a miresei sale, blondina lui minunată. Era frumoasă ca o prinţesă, îmbrăcată în rochia aceea albă de mireasă, mulată, care îi punea atât de bine în evidenţă nişte părţi ale corpului care îl făceau să inspire adânc. Se simţea norocos să fie iubit astfel de cea mai bună prietenă a lui şi era conştient de felul în care ea îl transformase, din cuceritorul de altădată, în bărbatul devotat şi iubitor care era în prezent. Zâmbise încă de când o văzu înaintând spre el, luând-o de mână atunci când ajunse în dreptul lui.

Nick o privea pe Rose şi nu se mai sătura de ea. Era zâmbitoare şi fericită, exact aşa cum trebuia să fie. Îmbrăcată într-o rochie albă, tip prinţesă, îl privea visătoare, în timp ce îşi aranja părul lung, şaten, care îi venea pe umeri. În timp ce se îndrepta spre el, Nick realiză din nou că ea era femeia potrivită pentru el. În cele câteva luni de când erau împreună, ajunsese să-i cunoască fiecare gest, să-i intuiască gândurile şi să o iubească tot mai mult, în timp ce, atunci când o avea lângă el, se simţea mai mult decât fericit. Îşi spunea că era împlinit: un tată care îşi iubea enorm copii, dar şi un bărbat care urma să fie alături de femeia pentru care luptase din greu, dar care meritase fiecare efort. Avea de gând s-o facă fericită pentru tot restul vieţii.

Rose îl privea fascinată în timp ce mergea spre el. Arăta fermecător în costumul acela alb, care îi accentua atât frumuseţea fizică, cât şi cea interioară. Era un bărbat puternic, chipeş şi seducător. Mergând spre el, îşi aminti prin câte trecuseră până să ajungă acolo, până să fie împreună şi să simtă că nu mai pot să stea departe unul de celălalt. Era cel pe care şi-l dorea alături pentru eternitate. Privindu-l, îşi dădu seama că şi el îi acorda aceeaşi atenţie, uitându-se la ea ca şi când ar fi fost numai ei doi acolo, inspirându-i curaj, forţă şi dragoste. Când ajunse lângă el, Nick îi luă mâna într-a lui.

Preotul îi cunună. La finalul ceremoniei religioase, se îndreptară cu toţii spre locul unde urma să aibă loc petrecerea.

În timp ce primeau felicitări din partea invitaţilor, Miriam se apropie discret de Rose, spunându-i încet, astfel încât să audă doar ele:

— Uite-o pe Nicole, vine încoace. Vrei să-i spun să plece?

— Nu... sunt sigură că o pot asculta, mai ales dacă are ceva frumos de zis.

Nicole se oprise înaintea lor, sărutându-l pe obraz pe Nick.

— Sper să nu vă deranjez, dar am simţit nevoia să fiu aici azi, în ziua asta atât de specială pentru voi. Am venit şi pentru a-mi cere scuze pentru toate lucrurile nepotrivite pe care le-am făcut la un moment dat, le spuse ea, privindu-i cu regret.

— E-n ordine, îi spuse Nick, zâmbindu-i. În ceea ce mă priveşte, eşti mereu binevenită printre noi, dacă ai intenții bune, adăugă el, luând-o de mână.

— Iar eu nu pot decât să fiu de acord cu asta. Ești mătușa celor mici și nimeni nu poate schimba asta, îi spuse Rose, înaintând spre ea și îmbrățișând-o.

Nu voia să mai existe resentimente între ele, nu mai voia niciun nor pe cerul ei senin.

— Vă mulțumesc și vă doresc să fiți fericiți. Nick... nu puteai găsi o femeie mai potrivită, spuse ea zâmbindu-le, după care merse lângă nepoții ei, însoțită de Cedric, care îi felicitase mai devreme, iar acum o ținea aproape de el, spre uimirea lui Rose.

— Știi... Cedric mi-a spus că Nicole l-a invitat să bea o cafea și de acolo a început totul... îi spuse Miriam.

— Ei, bine, mă bucur pentru amândoi. Toată lumea ar trebui să fie fericită, spuse Rose îmbrățișându-și prietena. Mă bucur că suntem aici, împreună, alături de bărbații ăștia frumoși, care ne-au devenit soți, adăugă Rose, ștergându-și cu discreție o lacrimă.

— Și eu... îi zise Miriam visătoare și fericită, întorcându-și privirea spre Tony și pierzându-se din nou în ochii lui verzi și frumoși.

— Se pare că va trebui să vă separăm pentru câteva minute, altfel nu vom mai reuși să dansăm dansul mirilor, le spuse Nick, care veni lângă ele.

Tony îşi luă mireasa în braţe, sărutând-o în văzul tuturor.

— Ai dreptate, hai să dansăm, îi spuse Rose, luându-l de mână şi conducându-l spre ring. Tu nu vei face ce a făcut Tony, nu-i aşa? Eu nu sunt atât de curajoasă ca Miriam...

— Te înşeli. Nu văd niciun motiv pentru care să nu te sărut chiar acum, de faţă cu toată lumea, îi zise el, punându-şi în practică avertismentul şi sărutând-o, apoi ridicând-o în braţe, în timp ce dansau.

Alături de ei dansau Miriam şi Tony, care erau la fel de ocupaţi să se sărute, la fel ca mai devreme, stârnind uralele tuturor.

— Te iubesc, pompierul meu incendiar, îi zise Miriam privindu-l cu drag, ştiind ce gânduri îi treceau acestuia prin minte.

— Şi eu te iubesc, blondino, îi spuse el, după care o sărută din nou, simţind că nu se mai satură de ea.

Lilyan şi Michael erau la masă, privind fericiţi cele două perechi care dansau şi încântau invitaţii. Se bucurau că tatăl lor făcuse cea mai bună alegere, una care îi aducea zâmbetul pe buze în fiecare zi.

Alături de ei la masă, se afla şi Allison, care îşi privea fiica, simţindu-se mândră de ea. Ştia că va fi fericită alături de Nick, iar asta o făcea şi pe ea fericită. Câştigase un ginere minunat şi doi nepoţi adorabili.

Lângă Allison se aflau Nicole şi Cedric, care se uitau zâmbitori la cele două perechi de îndrăgostiţi.

— Ce se întâmplă doctoraşule, te emoţionează nunţile? îi zise Nicole provocându-l.

— De ce nu? Mai ales că am auzit că în curând urmează să mai fie o nuntă în oraşul ăsta... îi spuse el privind-o insinuant.

Îi sărută mâna, observându-i tresărirea uşoară a corpului.

— Serios? Şi cine, mă rog, va face treaba asta atât de plictisitoare?

Nicole nu reuşi să-şi disimuleze privirea plină de dragoste faţă de el.

— E un secret pe care nu pot să ţi-l spun decât dacă mai bei o cafea cu mine. De data asta, te invit eu, îi spuse el zâmbindu-i.

— Ei bine, doctoraşule, ai noroc că îmi plac secretele... îi răspunse ea, întorcându-i zâmbetul, lăsându-se cucerită tot mai mult de personalitatea doctoraşului aceluia insistent.

Aflaţi încă pe ringul de dans, Nick, Rose, dar şi Miriam şi Tony îi chemară şi pe ceilalţi invitaţi să li se alăture pentru a sărbători împreună noaptea aceea plină de iubire.

— Te iubesc, Rose. Să nu uiţi niciodată, spuse Nick, zâmbindu-i încrezător.

— Şi eu te iubesc, Nick. Te voi iubi mereu... îi promise Rose, după care îl sărută curajoasă chiar acolo, în mijlocul tuturor.

Era mai fericită ca niciodată, ştiind că fiecare zi alături de el va fi plină de iubire, respect şi înţelegere, exact lucrurile la care visase până să-l întâlnească. Înţelegea că dragostea are puterea de a schimba destinele oamenilor chiar şi atunci când aceştia se aşteaptă mai puţin.

- SFÂRŞIT -

Mulţumiri

În primul rând, vreau să adresez mulţumiri sincere domnului editor Bogdan Pîrjol, dar şi echipei sale, pentru contribuţia nepreţuită în ceea ce priveşte apariţia acestui roman de dragoste. Vă mulţumesc din toată inima pentru oportunitatea pe care mi-aţi acordat-o şi pentru sprijinul oferit de fiecare dată, cu ocazia publicării romanelor de dragoste pe care le scriu.

Vă asigur de întreaga mea recunoştinţă. Sunteţi cu adevărat deosebiţi!

De asemenea, aş dori să-i mulţumesc Adrianei Frîncu pentru recenzia minunată pe care a scris-o special pentru această carte. Îţi sunt profund recunoscătoare!

Continui prin a-i mulţumi soţului meu, Silviu, pentru dragostea nemărginită pe care mi-o dăruieşte. Ştii că exişti în fiecare bătaie a inimii mele şi ştiu că exist în fiecare gând de-al tău. Eşti minunat, frumosul meu!

Mulțumiri

De asemenea, vreau să adresez mulțumiri călduroase familiei mele, dar și prietenelor mele. Sunt recunoscătoare pentru sprijinul necondiționat pe care îl primesc din partea voastră!

Vă mulțumesc din toată inima și vouă, cititori minunați, pentru lecturarea acestui roman de dragoste, dar și pentru încurajările pe care le primesc din partea voastră. Faptul că apreciați ceea ce scriu mă onorează, mă bucură și mă determină să continui să scriu cu pasiune, iar gândurile voastre bune au un loc special în inima mea. Nu pot decât să îmi doresc să îmi fiți alături în continuare.

Vă doresc să aveți parte numai de lucruri frumoase, dar și de dragostea nemărginită la care sperați!

Cu prețuire,

Lorena Lenn

Dragoste nemărginită / Lorena Lenn
Timișoara: Stylished 2018
ISBN: 978-606-94577-4-0

Editura STYLISHED
Timișoara, Judeţul Timiş
Calea Martirilor 1989, nr. 51/27
Tel.: (+40)727.07.49.48
www.stylishedbooks.ro

Corectură, redactare şi restilizare: Oana Călin